星の王子さまの気づき

Philosophical Notes on "the Little Prince"

周　保松［著］
CHOW PO Chung

西村英希+渡部恒介［訳］

三和書籍

《小王子的領悟》
周保松 著　區華欣 圖

【序文】

雨露とハスの葉

1943年、世界は第二次大戦の只中。サン゠テグジュペリの『星の王子さま』はニューヨークで生まれました。

その瞬間、世界は姿を変えました。そしてこの地球《ほし》は一冊の本以上に、読者とともに成長し、誰からも愛される小さな王子さまを得ました。世界の文学史を見ても、『星の王子さま』ほど多くの人に読まれ、魂を揺さぶった作品は他にないかもしれません。

2014年、香港で「雨傘運動」が起こりました。私も多くの香港人と同じように、自分たちが享受すべき民主的な権利を求めて戦いに身を投じましたが、残念ながら運動は失敗に終わりました。心身ともにボロボロになった私は、1学期という期限付きで台北を訪れ、大学の傍《かたわら》にある小さな通りで日々を過ごすことにしました。通りには「道南館」というカフェがあり、毎日そこで無為に時間を過ごしていたのですが、そこで思いがけず『星の王子さま』を読み直す機会に遭遇し、それまでにない「気づき」を得ることになります。

こうして生まれたのが『王子さまの気づき（中文タイトル：小王子的領悟）』です。

この本は、私の人生の旅路で思いがけずできたもので、不思議な巡り合わせを感じずには入られません。もし台北に行かなかったら、もしあのカフェがなかったら、もしあのカフェに魅力的な音楽と静かな環境がなかったら（お客はたいてい私一人でした）、もし本屋で繆詠華さんの新訳を買わなかったら、そしてもしあの時私が王子さまの気持ちをちょうど理解できる精神状態でなかったら、或いはこの本は存在していなかったかもしれません。運命の導きか、縁あってこのような機会を得られたことには感謝の言葉しかありません。

香港での出版後、好評を得て各所で内容を紹介する機会を頂き、自分の解釈が思いもよらないほど大きな共鳴を受けていたことを知りました。その後、台湾、韓国、中国で出版された翻訳の反響を通して、『星の王子さま』がどれだけ多くの人の心を慰めてきたのか、改めて実感しました。

日本での出版に当たっては、今からおよそ4年前、香港中文大学で研究員をしていた西村英希さんがこの本を大変気に入ってくださり、ぜひ日本の読者に紹介したいと言ってくださったのがきっかけでした。日本では無名の私ですから、出版社を探すのは簡単なことではありませんでしたが、めげずに出版社を一つ一つ当たって頂き、やっとのことで三和書籍からの出版が現実のものとなりました。西村さんのご尽力、そして三和書籍のご理解がなければこの本が皆さんと出会う機会はありえませんでした。また翻訳してくださった西村さんと渡部恒介さん、そしてイラストを描いてくださった区華欣さんの功労は測り切れないほど大きなものです。併せて心より感謝申し上げます。

人間として生まれたからには、誰にも等しく思想があり、心があります。そして、それらは雨露がハスの葉の上で初めてその輝きを見せるように、言葉によって初めて目に見える形を得ます。著者として、この本が日本の皆さんの心に寄り添う存在となることを願ってやみません。異なる場所で異なる人生を送っていても、心を尽くしさえすれば、生活の中にある小さな喜びも悲しみも共有し、他者の脆さと尊さを理解することができます。少なくとも私は、これまでも、これからも、この世界はそんな風にあり続けると信じています。

日本語がわからない私も、日本の歌はとても好きです。特に80年代初めにさだまさしさんと谷村新司さんがデュエットした『秋桜《コスモス》』が好きで、夜更けの物書きのお供によく聴いています。この歌は、翌日には嫁いで行ってしまう娘の母親への思いを歌詞にしたものですが、本を執筆する私の心情はそこで娘のために荷造りをしている母親の心境に近いものだと思うことがあります。名残惜しい気持ちもあり、それでも祝福する気持ちの方が勝っている、とでも言いましょうか。バラと王子さまのように、この本と読者の皆さんの巡り合いがまた新たな唯一無二の関係を築くことを願ってやみません。いまこの瞬間、私は朝露が滴《したた》る静かな山と海に囲まれて、遠くない未来にこの本が皆さんの手に届くことを想像しながら、形容しようのない喜びに包まれています。

香港で育った私にとって、香港は私の「家」です。その香港はここ数年、暴政の脅威にさらされており、数え切れないほどの人々がその家を守るために立ち上がることを選択しました。面識のある人もない人も含め、多くの友人たちが投獄されて自由と青春を失いました。小さな王子さまがバラへの愛を理解するために長く険しい旅をしなければならなかったように、香港の人々も身をもってこの街への愛を感じるために、様々な苦難を経験しなければならないのかもしれません。この本を愚直で勇敢な香港人たちに捧げ、私たちの時代を彩る最も壮麗な景色を見せてくれたことに感謝したいと思います。

周保松

香港中文大学　忘食齋にて

2021年初夏

目次

序文　雨露とハスの葉　3
第1章　夢はどこまで続く　13
第2章　大人の童心　27
第3章　儚い初恋　43
第4章　王子さまの気づき　57
第5章　あなたが五千本のバラのうちの一本に過ぎなかったら　77

目次

第6章　小麦色に君を思う　91
第7章　キツネの気持ち　105
第8章　愛することの責任　123
第9章　バラの人生はバラのもの　141
第10章　どうして友だちはお金で買えないの　159
第11章　孤独な現代人　175
第12章　選択するということ　193

第13章　なつけることは政治的なこと　209
第14章　「理解」の難しさと大切さ　223
第15章　無に帰る前に　241
結語に代えて　読者の気づきと共に　261
附録　読書が照らす月の色　273
参考文献　288
訳者あとがき　なつけ合う縁の中で生きるということ　297

第１章
夢はどこまで続く

ある日突然、
夢見ることをやめてしまいたいと思うかもしれない。
大丈夫、そんなときはその夢を手放してしまえばいい。
そして心の向くままに他の夢を追い求めればいい。
夢に未来はあるのだろうか。
あるに越したことはない。
でも、それがなくたって、どうってことないんだ。

夢はどこまで続く

子どもの頃に誰もが抱く夢。それは私たちがこの世界と人生に託す、初めてで一番素敵な想像です。しかし残念ながら、こうした夢のほとんどは芽を出す前に大人たちによって摘まれてしまいます。こうしていつしか夢を見ることを忘れ、いわゆる成熟した世界へと足を踏み入れていくのです。大人たちはそれを「成長」と捉えますが、その実は「現実を受け入れる」、「慣例に従う」、「時流に身を任せる」ことです。

『星の王子さま』を書いたサン＝テグジュペリも子どもの頃にそれと似たような経験をしています（ここでは彼を作中の操縦士だと仮定します）。創作活動に熱中していた彼は、周囲の大人たちに認められたい思いもあり、ウワバミが象を丸呑みにする作品を描いたのですが、その時の大人たちの態度をみて夢を諦めたと、その経緯を著作の中で語っています。

「おとなの人は、ウワバミの絵なんて中が見えても見えなくてもどうでもいい。とにかく、地理や歴史や算数や文法をやりなさい、と言った。それで僕は六歳で絵かきになる夢を諦めたんだ」

こうした大人たちの反応によって、その後の彼の人生は大きく変わり、長い間苦しみを抱えることになります。大人たちはなぜこんなにも残酷なのでしょうか。多くの人は「善意」からそうしているのですが、子どもたちにとってそれがどれだけのダメージをもたらすかについては誰も気づいていません。一体何が夢を届かぬものにしてしまっているのか。この問題を軽んじてはいけません。なぜなら、子どもたちにとって夢を追い求めることは喜びの源泉であり、健全な成長の糧《かて》であり、自己肯定感の基礎だからです。

「夢」には一般的に二つの意味合いがあります。一つは、当事者にとってかけがえのない、極めて価値があるものだということ。この点で、夢は人に方向性を与え、努力を促します。もう一つの観点は、夢と現実にはかなり距離があるということ。堅い決意と血の滲《にじ》むような努力によってのみ「夢」は「現実」になり得るのです。

その一方で、大人たちが夢を否定する理由も二つ考えられます。夢に価値などないと考えているか、或いは実現する可能性がゼロに等しいと考えているかです。

サン＝テグジュペリが絵を学ぶことに賛成してもらえなかったのも、彼に才能がなかったからではなく、おそらく、大人たちがその夢を持つことに価値がないと判断したからでしょう。なぜでしょうか――それは将来性がないからです。ではなぜ「将来性がない」のでしょう。ただ絵を描いても良い学校には入れませんし、いわゆる良い仕事につくこともできません。親戚や友人たちからもてはやされることもないでしょう。大人たちからしてみれば、そんな人生は目も当てられないのです。

ひょっとしたら、サン＝テグジュペリは悔しがってこう反抗したかもしれません。

「将来性がなくたって、絵を描くこと自体に悪いことなんか一つもないのに、どうして挑戦することさえも許してくれないの?」と。

道理を説きたがる大人はきっとこのように答えることでしょう。

「人の時間は有限だ。挑戦することにだってコストがかかる。時間を実用的じゃないものに使って他の大事なことをする時間がなくなれば、君は他の人たちとの競争に負けてしまうんだよ。覚えておいて、人生は終わりのない競争なんだ。幼稚園から大学まで、社会に出た後だってそう、一つでも負けてしまったらそこで終わりなんだよ。努力しなきゃスタートラインにさえ立てない。そんなんじゃ後で苦労することになるのは目に見えてる。全て君のために言ってるんだから言うことを聞いておくれ。夢がないと楽しくないかもしれない。せっかくの才能が埋もれてしまうかもしれない。それでも最後には自分のためだったんだと思える日が来る、なぜなら私たちは大人のゲームの遊び方を知っているから。このゲームを攻略したいなら夢なんて早めに諦めてゲームに勝てる自分を作るんだ。そんなの悲しいと思うかい？でも私たちは責任ある大人だから、君のためを思って教えてあげてるんだよ。

大人たちも決してそれを喜んで受け入れている訳じゃないんだ。ただ、現実を変えられないのであれば、自分を適応させるしかない。初めは辛いだろうけど、慣れてしまえば文句も出なくなるから……」

それでも納得がいかなかった時には、一体どうすれば大人たちを説得させることができるでしょうか。「将来性のある画家になればいいんでしょ」とでも言ってやりましょうか。

「冗談はよせ、お前がいつかゴッホやゴーギャンのようになるとでもいうのか。例えそうなったとしても、彼らだって生前は貧しい生活を送っていたことを知っているのか。それでも生活できていただけマシな方なんだ」こんなことを言われれば、ムキになって「じゃあ僕はピカソになってやる」と言い返すかもしれません。その気概はとても良いのですが、こうなると「生前に作品が高値で売れるからピカソになりたい」と言っているのも同じで、本意が大人のロジックに巻き取られてしまっています。

ここで言う本意は「偉大な画家になる」ことですが、絵を書いてお金を稼ごうと思えば思うほど、「偉大な画家」から離れていくでしょう。「お金を稼ぐ」こと自体が悪いのではありません。「お金を稼ぐ」ことと「創作したいと心から思うこと」の間には埋めがたい矛盾が確かに存在するのです。では、正直に思いの丈を大人たちにぶつけてみるのはどうでしょう。彼が絵を好きなことと実用性は全く関係ありません。筆を手に取ったのは、ただただ純粋に真っ直ぐにそれが楽しいと思っていたからです。何を楽しむのでしょうか?創作することです。

「何もないキャンバスに、僕のテクニック、考え、感情とそして想像力が宿されて、世界に一枚だけの絵が生まれるんだよ。目で見て、頭で考えて、心で感じたものを絵にするとき、僕は自由に自分を表現できる。絵を描ける喜びさえあれば、それ以外なにも要らないんだ」

サン＝テグジュペリ少年の目には不思議な光が宿っていたのでしょう。すると大人たちは、そんな少年に同情するように肩をポンポンとたたきます「そんなふうに思えることは素晴らしいことだ。でも、それとお金を稼げるかはまた別の話なんだ。こうするのはどうだろう？　まずはしっかり勉強して働く、そして生活をするのに十分なお金ができたらまた夢を追うんだ」

こう言われてしまっては、どんな子どもも返す言葉を失くして大人たちの言い分に従うしかありません。

夢はここで挫《くじ》け、いよいよ「成長」が始まるのです。

話はこれだけでは済みません。子どもたちの心から夢が消えていく過程には、目に見えない傷や言葉にできない痛みがあり、同時に大切なものを失っていきます。

子どもたちは童心を失い、想像力を失い、好奇心を失い、そして物事に対する親近

感も温もりも情熱も意欲も失い、最後には喜びの感情さえも失ってしまうのです。

つまり、一番の問題は、サン＝テグジュペリが偉大な画家になるチャンスを失ってしまったことではなく、その後、夢を追うことができなくなってしまったという点にあるのです。それでも彼は砂漠で王子さまと出会い、長い間失っていた童心を取り戻すことができました。

或いは大人たちは、我々は制度に縛られているのだからどうしようもないと嘆くかもしれません。だとすれば、どうすればそうした制度を打ち破り、夢を描き続けられるのかを考えるべきなのではないでしょうか。制度に服従し、既存のルールに更なる縛りをもたらすなんてもってのほかです。それでも周りの環境を変えるのが難しいなら、個人の力でできることは他にないでしょうか。

私もこれまでの人生において、善意の叱《しか》りを幾度となく受け、数々の挫折を味わってきました。中学時代、創作活動に没頭《ぼっとう》し作家になることを夢見ていた私に、国語の担当教諭が言いました。「香港で作家になっても未来はないぞ。ビジネスにしておけ」二年間悩んだ末、私は「大人しく」その助言に従い大学で経営学を専攻しました。しかし大学に入ってから、哲学がたまらなく好きなことに気づき、来る日も来る日も哲学の混沌世界にどっぷり浸かっていました。見かねた大人たちは、哲学者として身を立てていくことがいかに困難な道であるかを説き、将来のためにも今はとにかく耐えるよう言いました。それから二年耐えましたが、最後には耐えきれず、家族の反対を押し切って哲学科に転科したのでした。

あの日、わたしは自分の心に耳を傾け、自分の足で自分が思い描いた生活を誠実に送り、ほかでもない自分の人生を生きることこそが私が求めていたものなのだと気づきました。

年月が経ち、わたしも大人になりました。娘は五歳になり、彼女も絵を描くのが好きです。そんな彼女がもし画家になりたいと言ったら、わたしはきっとこう伝えるでしょう。

「やってみればいい、お父さんはどんなことがあってもずっと応援してるから。ある日突然夢見ることをやめてしまいたいと思うかもしれない。それでも大丈夫。そんなときはその夢を手放してしまえばいい。そして心の向くままに他の夢を追い求めればいい。夢に未来はあるだろうか。あるに越したことはない。でもなくたって、どうってことないんだ。

ただこれだけは覚えていておくれ。大人たちの言うことがいつも正しいとは限らない、大人の世界が良いとも限らない。大きな夢を持って、その夢を大事に膨らませていく。この経験こそが、君の人生におけるかけがえのない美しい景色になるんだ。そして、いつか振り返ったときに、君の夢が君の個性を形作っていることに気づくだろう。その個性は生きていく上でなくてはならないものなんだ」

（そうは言いつつも、私自身はちゃんとできているだろうか。外界からの圧力に耐えきれるだろうか。「大人」の独りよがりになってしまっていないだろうか。正直言うと自信はない。でもその努力はずっと続けていきたいと思うんだ）

第2章
大人の童心

王子さまが無邪気なのだろうか。

むしろその反対で、

世故に長け、「現実」に囚われすぎた大人が

王子さまの言葉に聞く耳を持たなくなってしまったのでは？

大人の童心

無邪気に生きている子どもが童心の大切さを意識することはありません。羨むのはいつも大人たちです。なぜなら童心は人生の辛酸を舐めて振り返ったときに初めてその尊さがわかるものだからです。

いわゆる成長とは、往々にして「脱童心」の過程です。童心をなくして後戻りできなくなったその時、大人はあどけない子どもの目に幼い日の自分を見つけます。取り戻すことのできない童心は、大人たちに懐かしさと感慨をもたらすのです。

では、幾多の経験を積んできた大人たちが童心を保ちながら生きていくことは果たして可能なのでしょうか？

この問いは、冒頭の献辞《けんじ》でもサン＝テグジュペリが読者に向けて暗示的に投げかけていますが、そこには、「この本をフランスにいる大切な友人レオン・ウェルトに捧

げる」とあります。そして、友人レオン・ウェルトはどんなことでも本質を掴み、子ども向けの本でさえも読み解ける大人だと述べ、さらに次のように強調しています。

「それでもまだ納得してもらえないなら、この本は、昔、子どもだった頃のその人にささげたいと思う。だって、おとなはだれしもが子どもだったのだから（それを覚えている人はほとんどいないけれど）」

普通、自分の本を誰に贈るかは筆者の自由ですから、それをあえて読者に知らせる必要はありません。しかしサン＝テグジュペリはそれを明記することで、読者、特に大人の読者に対して、「『星の王子さま』を読み解くうえで、自分たちもかつては子どもだったことを覚えておいてほしい」と伝えています。なぜなら、王子さまを理解し、王子さまと同じ目線でその世界を見るためには童心が欠かせないからです。

とはいえ、大人が童心を抱くことなどできるのでしょうか。仮に抱けたとして、それほど重要なものなのでしょうか。

童心は決してイメージではありません。原作の冒頭で六歳の少年（幼き日の操縦士）が描いた一枚の絵がその童心をよく体現しています。象を飲み込むウワバミの絵を描いた少年はその出来栄えを自慢したくて、出会った大人たちにその怖さを聞いて回ります。しかし、返ってきたのは思いもよらないことばでした。

「その帽子のどこが怖いんだい？」

少年はすっかり気落ちし、自分の絵は理解してもらえないのだと、あえなく画家になる夢を諦めてしまいます。しかしこの時を境に、少年は変わった楽しみを見つけます。それは大人を見つけてはその絵を見せて、大人たちの理解力を試すことでしたが、結果はいつも少年を失望させました。

このエピソードは『星の王子さま』の序説に位置づけられます。六歳の少年が書いた絵はまさに童心の象徴であり、いのちを直感的かつリアルに捉えます。つまり、大

人たちがウワバミを帽子としてしか捉えられないのは、直感的に真実を掴む心を失ってしまったからだと言えます。

話は後のキツネの教えにも繋がります。

「心でなくちゃよく見えない。大切なことは目には見えないんだ」

この箇所の「心」が指すのが私の言う童心です。王子さまは操縦士の絵を一目で「ウワバミにのみ込まれた象」だと見抜き、操縦士を驚かせました。彼はこれまで王子さまのようにまっすぐに物事の本質を見抜ける相手と出会ったことがなかったのです。同様に、操縦士が描いた普通の人には見えない箱の中に住む羊も、王子さまはいとも簡単に見抜いてしまいました。

それは子どもだからできたんだと思う読者もいるかもしれませんが、それは違います。砂漠で相遇した王子さまは、もうＢ６１２にいた頃の世間知らずで無垢《むく》な男の子ではありませんでした。星巡りを経て大人の世界を見て回った王子さまは、権力とは、虚栄とは、金の亡者とは、職責とは、井の中の蛙とは何なのかをちゃんと分かっていました。

王子さまはとっくに子どもではなくなっていたのです。

これだけ様々な人生模様を目にしてもなお、王子さまは童心を保っています。だからこそ、私利私欲に溺れず、世故《せこ》に長けず、打算的にならず、率直で善良で好奇心に溢れ、人を信じてなつけることを厭《いと》わず、そしてあらゆるものに対して優しい眼差しと温かい気持ちを持ち続けられるのです。

言い換えれば、世の中の無常を受け入れてなお、赤ん坊のような純粋な心を保っているとも言えるでしょう。

どうしてそんなことができるのでしょうか? サン＝テグジュペリはあたかもそれがとても単純なことであるように書いていますが、果たしてそうでしょうか。王子さまには特殊な才能があって、他人からの影響は一切受けず、常に好奇心を保ち、自分の正しいと思うことを全うする勇気を持っているのかもしれません。しかし実世界においては、ほとんどの人がかつて自分も子どもだった事実を忘れ、ひいてはかつて自分

自身が忌み嫌っていたような大人になるのです。

大人が童心を取り戻せる可能性はほとんどゼロに等しいでしょう。それでも微《かす》かな可能性にかけるなら、大人たちのルールを受け入れ、つまずき、傷つき、さらにそこから抜け出して、子どもの頃に持っていた無垢な心を大事にすることが求められます。

童心を保つことは誰も疑う余地のない素晴らしいことです。にも関わらず、なぜこんなにも難しいのでしょうか？

一つには、人生はまっさらな状態であり続けることはなく、またやり直しもきかないことが理由として挙げられます。

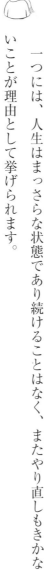

成長とはつまるところ社会化（socialization）されるということです。私たちは幼い頃から「いい大人」になるように教育されます。「いい大人」とは、世故に長け、ずるさ、保身を覚え、打算的になり、注意深く世の中の流れに沿って生きる人です。

人生が一枚の絵だとすれば、そのキャンバスは成長していく過程で何度も重ね塗りされ、いつの間にか元の色は見えなくなっていきます。来た道を振り返った時に、幼い日の記憶はあっても、過去には戻れません。

「戻れない」のは、能力の問題でなく、選択の問題でもあります。

人は社会的な動物です。倫理規範や人生の意義、自己に対する認識やことばに至るまで、すべてはその社会に由来するため、世間を離れて孤立し、誰が何と言おうと敢然と自身を貫き通すのはとても難しいことです。なぜなら、人には承認欲求があり、この欲求は前向きな人生を送っていくうえでの糧でもあるからです。私たちがテストでいい点をとりたい、仕事で活躍したいと思ったり、人間関係の中で褒められようと努力するのもその現れです。

問題は、こうした様々な社会的行動が規定のルールに基づいており、しかもかなり保守的で根が深い点にあります。もしそれぞれの社会で成功し、他人の賞賛を得たいと願うのであれば、そのルールに賛同し、その社会に自らを順応させていかなければなりません。

また、皮肉なことに、この順応力が高まれば高まるほど自分を見失いやすくなっていきます。なぜならこうしたルールが人々の個性と初心を削ぎ落としていくからです。ではなぜそのような結果がもたらされてしまうのでしょうか。これこそが「大人のゲーム」たる所以《ゆえん》です。王子さまが見てきたあの変な大人たちも、私たちの世界で言う普通の人たちに他なりません。

認めたくはありませんが、私たちの大部分がこうした歪《ゆが》んだ社会に暮らし、知らず知らずのうちに様々なルールに縛られ、自らの人生をコントロールされてしまっているのです。

ゲームの中で結果が出せる者は同時に承認欲求も満たされているため、自分がその過程で何を失ったのかにも気づきません。また、ゲームに敗れた者が外から客観的にルールの合理性を見つめ直すことは極めて稀で、結果、自分を卑下《ひげ》し、すべての不幸を自分のせいだと思い込んでしまいがちです。

こうして、ゲームの勝者も敗者もみな、社会の多勢《たぜい》が定める承認欲求に囚われ、その中でひたすら浮き沈みを繰り返していくことになるのです。あるいは、そこで違和感を感じる者だけが「不自由」の感覚を持つのでしょう。

この不自由さは外的圧力によって行動を抑止されるというようなものではなく、社会をとりまく環境によって形成される目に見えない制約です。こうした制約は私たちの生き方を狭《せば》め、さらには未来を想像する力も、個性の発現《はつげん》も阻害します。

人は常にこのジレンマの中にいると言えます。社会に属すると同時にあらゆる制約を課せられ、自由への意識が強ければ強いほど苦痛も大きくなっていくのです。

なにか打開策はないのでしょうか?

一つには大人しくルールに則《のっと》り、すべての結果を受け入れる、ないしは耐え忍ぶという方法があります。もう一つは、そのルールに目もくれず、社会の外で、自分自身を肯定していくというものですが、しかしこれだと智慧と勇気がいるのはもちろん、長い間他者から理解されずに孤独に耐えて生きることになります。

他に策はないのでしょうか。実はもう一つあります。サン＝テグジュペリが王子さまにとらせたのがまさにそれでした。

王子さまはそうした社会から逃げることも拒絶することもせずに、果敢に飛び込んでいきました（自分の星から離れ、社会に入り様々な人たちと出会いました）。そして社会の有り様を理解したうえでなお、童心を保ちながら懸命に生き、心を尽くしてなつけ合う関係を築こうとしました。

特に大切なのは、王子さまは自分のために生きるだけでなく、同時にこの世界にも影響を与えている点です。

王子さまがいたのは世の「中」であって、世の「外」ではありません。彼が変われば彼を取り巻く世界も必然的に変わる。キツネも、五千本のバラも、操縦士も、彼の存在によって変わっていきました。

星巡りで出会った王様、うぬぼれ屋、呑んだくれ、商売人、点灯夫、地理学者、みんなが王子さまの出現によって何かが変わる経験をしました。それまで自分たちが知らなかった生き方の可能性に気づいたからです。

王子さまのような存在によって社会が少しでも変わっていけたら、人と社会の緊張状態が緩和され、より調和した関係を築ける可能性も高まります。

それが極めて小さな努力であっても、一人の人間が世の中に影響を与える可能性を甘く見てはいけません。私たちがどう生きるかで、世の中の在り方も変わっていくのです——それがたとえどんなに些細な変化であっても。

王子さまは無邪気すぎるでしょうか。

確かに少し無邪気です。王子さまファンの大人は大勢いると思いますが、だからといって王子さまと同じようにバラの世話をし、時間をかけてキツネをなつけるかと聞かれたら即座に首を振るでしょう。そして、重々しい口調でこう言うのではないでしょうか。「現実の世界は大変なんだ。王子さまは童話の世界にいるからできるんだよ」

王子さまは本当にただ無邪気なのでしょうか。

むしろその反対で、世故に長け、「現実」に囚われすぎた大人が、王子さまの言葉

に聞く耳を持たなくなってしまったのではないでしょうか。

つまり、ひとたび童心を忘れてしまうと、もともと持っていた思いや価値観まで失われて、いのちそのものもどこか光を失ってしまうのではないかと思うのです。これはサン＝テグジュペリが読者に投げかけている問いでもあるのですが、原作を読んだ方ならきっとその答えに思い至るはずです。

「童心が大事なのはわかるけど、大人になってからそれを取り戻すなんてできるの？」そう思われる方もいるかもしれません。

サン＝テグジュペリならきっとこう答えるでしょう。

「童心を取り戻すというのは、体や心を子どもの頃の状態に戻すということではなく、子どもの頃に抱いていた夢や大事にしていたものを大切にすることです。そこに年齢は関係ありません。大事なのは、私たちの向き合い方なのですから」

しかし、童心を持って生きることが価値のあることだとして、同時に、それは濡れ手に粟で労せず得られるものではないということもわかっておかなければなりません。人生は終わりのない自己修養の過程です。社会を、そして自分自身を深く見つめ、私たちのいのちにとって大切なものは何なのか思考し続け、さらに、そこで得た信念を実践する勇気が必要なのです。

そして、それよりもさらに重要なのが「手放す」ことです。

大人の世界で多くの恩恵を受けて、かつ王子さまのように真っ直ぐなままでいることはそう容易ではありません。なぜなら両者の間には、異なった世界観と生活方法という、簡単には埋められない溝が存在するからです。

そこで、現代人が孤独から解放されるためには、過度な欲求を手放して、とうの昔に失くしてしまった童心を探す覚悟が必要になります。

キツネの言葉を借りれば、大切なものは「心でなくちゃ、よく見えない」のです。そしてむしろこうすることによってのみ、私たちは本当の意味で自分の人生を生きることができます。

第3章
儚《はかな》い初恋

記憶の彼方に佇《たたず》むあの人は、
近いようで限りなく遠く、
見えるのに決して手は届かない。
簡単なことではない。
でも受け入れなければならない。
思い出は心の中でだけ輝く。

儚《はかな》い初恋

幼い頃に初めて『星の王子さま』を読んだ時から抱いていた疑問があります。それは、王子さまがあんなにも深く愛していたバラを一人残して星を離れた理由です。もしこれが初恋の物語だとすれば、互いに一目惚れした二人がずっと離れることなくハッピーエンドを迎えるべきではないでしょうか？

あの頃の私はずっと一緒にいることこそが本当の愛なのだと信じて疑いませんでしたが、当時、スイスの時計メーカーTUDURがチョウ・ユンファを起用し一世を風靡《ふうび》した広告が掲げていたのは真逆のことばでした。

「永遠なんて求めない。『存在した』ことが大事なんだ」

年月が過ぎゆく中で、私自身にも、友人たちにも、そして文学や映画の中にも多くの初恋に敗れる姿を見てきました。同時に、フィクションの世界では、こ

うした挫折の物語を避けるために主人公（たち）に早い段階でこの世を去らせることで幸せな状態を永遠に留めようとするような表現も多く見られます。当時の私はとても戸惑いました。人生において最も純粋で、心に深く刻まれる初恋は、どうしていつの時代においてもかくも儚いのだろうかと。

同時に私は、王子さまの旅立ちには普遍的で必然的な、人間とその感情に関わるある種の秘密が存在している可能性を自らに問い始めました。長い間その答えを得ることはできないままでした。

この半年ほど、私は一人、台北文山区にある新光通りを拠点にし、穏やかな心持ちで『星の王子さま』を読み返していました。細かく過去の記憶を辿っていくうちに少しずつ、大事なのは相手のことを気にかけたかどうかではなく、「初恋」の存在自体が成長に欠かせない過程なのだと考えるようになりました。

王子さまがバラの元を離れたのはバラの美しさが足りなかったからでしょうか？も

ちろんそうではありません。王子さまはバラの美しさに激しく心を揺さぶられ、また彼女を全宇宙で最も魅力的で、唯一無二《ゆいいつむに》の花だと考えていました。

では、バラに嫌気がさしてしまったのでしょうか。これも恐らく的外れです。王子さまは星を去る直前まで心を尽くして世話をし続け、嫌気がさした素振りなど微塵も見せませんでした。

バラの愛し方が足りなかった可能性はどうでしょうか?その可能性も低そうです。バラは別れ際にプライドを捨ててこう伝えています。「そうよ、わたしはあなたを愛してる、あなたが気づかなかったのならそれはきっとわたしのせい」

私が考える合理的な解釈はこうです。王子さまは初恋の危機を経験したことで、それ以上バラと向き合うことができなくなり、結果、星を離れざるを得ませんでした。

ここで問題となるのが、どうして「危機」を迎えることになったのか、そして、なぜ離別が唯一の選択肢だったかです。

全ての疑問に対する答えは、実は原作第8章の短い記述の中にあるのですが、抽象的な表現で淡々と描写されているため、私たち読者は想像力を働かせながら王子さまの心に寄り添って、その葛藤に思いを馳せる必要があります。

二人は確かに愛し合っていましたが、喧嘩が絶えず、誤解したり傷つけ合ってばかりでした。結果、愛に傷ついた王子さまは星を離れる決断をしたのでした。一方のバラは王子さまのことを気にかけていたからこそ、同時に王子さまに守ってもらいたいとも思っていました。しかし、心ではそう願いながら、どう伝えたらよいかわからず、王子さまへの思いは益々募っていきます。やがて関係を失うことが怖くなっていき、その怖れは次第に自分を卑下する感情へと変わっていきます。

そうした自分の弱さを隠すため、バラは強がることで自分のプライドを保とうとします。「この四つの棘《トゲ》で虎から自分の身を守ることができる」と言ったり、「自分はB612よりずっと素晴らしい星から来た」と言ってみたり。でも、恋愛経験のない王子さまにはこうしたバラの心情が分かるはずもありません。結果、バラが何の気なしに言ったことばを真に受けた王子さまの心は沈んでいきました。

気にすればするほど心は敏感になり、また敏感になればなるほど相手のちょっとした至らない点が目につくようになる、誰しもそういう経験はあるでしょう。

バラは心では、王子さまがありのままのバラを受け止めるのは難しいこともちゃんとわかっていました。だからこそ、しばらく黙ってから何事もなかったかのようにこう言ったのです。

「わたしは本当にバカだった、許してほしい。幸せになってね」

バラはやりきれない思いでいっぱいでしたが、それでも王子さまを引きとめようとはしませんでした。王子さまの幸せを心から願ってはいたものの、自分に彼を幸せにできる確信が持てず、王子さまとの関係を「手放す」決意をしたのです。

なぜこのような結末になってしまったのでしょうか。これこそが「初恋」たる所以です。

初めてだから心を揺り動かされ、全身全霊で愛することができた。しかし同時に初めてだからこそ、その一途な思いで身動きが取れなくなり途方にくれる。バラと王子さまは確かにお互いを愛し合っていましたが、その愛をどう貫いていけば良いのかは二人にとってはまだ未知数でした。

安定した関係を長く続けていくには、互いのことばに耳を傾け合い、理解し合うことはもちろん、ありのままの相手を受け入れ、支え合うことが必要になります。

初恋の儚さは、互いに愛情を求め合うばかりで相手をどう愛せばいいのかを知らないところにあります。愛は学んでいくものです。傷つき、失敗し、挫折を味わうことは「愛する」能力を身につける上で避けては通れない過程なのです。

バラと別れたあとの王子さまは、深く後悔します。

「あのころのぼくはなにもわかってなかった！彼女が何を『言った』かじゃなく、何を『した』かを見るべきだったんだ。ぼくの生活に色を与えてくれて、そうしてぼくの命は輝きはじめたんじゃないか。ぼくはどうしたって彼女の元を離れるべきじゃなかった！彼女があれこれ言う裏には愛情が詰まってたんじゃないか。バラはいつだってこんなふうに心にもないことを言うんだ。でもぼくにはそれがわからなかった、愛することがどういうことなのか全然わかってなかったんだ」

このような経験は確かに心を強く締め付けます。しかし、もしバラの元を離れていなければ、王子さまはこのことに気づいたでしょうか。

きっと難しかったでしょう。王子さまはいろいろな人たちに出会い（色々な星を訪ねて視野が広がり）、群衆の中に彼女の姿を求め（全く同じ外見をした5千本のバラに出会い）、キツネに導かれてなつけることを学んでバラを理解し、また自分をより深く見られるようになりました。

その時、王子さまは初めて自分が何をなおざりにし、何を失ったのかに気づきました。そしてその瞬間、バラに対する思いがとめどなく溢れてきたのでした。

本当の痛みは別れの瞬間ではなく、失ったものに気づいたあとにやってきます。王子さまもそれに気づいたことでバラに対する責任を感じるようになり、また自分自身の未熟さ故《ゆえ》に彼女を傷つけてしまったことを強く後悔します。

初めて恋愛に全身全霊で向き合って傷つくと、数年後に振り返った時に、それが人生における転換点だったと気づくことがあります。初恋の前と後で心境は異なりますが、それは違う自分であるとも言えます。「曾經滄海難為水（大海を知る者は多少の水に驚いたりしない）」という言葉が表すところも同様で、経験を積んできた人の見方はそうでない人とは異なるのと同時に、実はその主体自身も経験を経ることで変化しているのです。

「バラはそれからどうなったのか」、「王子さまなしで、彼女はどんなふうに残りの人生を過ごしたのか」と気になる読者もいるでしょう。

残念ながら作者はこの点に触れていませんが、間違いなく言えるのは、私たち一人一人にとってそうであるように、初恋は始まりであって終着点ではないということです。最後にどんな結果が待っていようとも、私たちは皆つまずいたり転んだりしながらも歯を食いしばって前に進んでいくしかありません。それは禅の「冷暖自知《れいだんじち》」が説くように、自分自身で経験していくしかないことなのです。

王子さまが最後にはＢ６１２に戻ってバラと再会できたのか、そしてそのあと果たして幸せに暮らしたのかどうか、これも皆さんが興味を抱くところかもしれませんが、原作ではやはり触れられていません。

実際のところ、一度星を離れてしまった王子さまに都合の良い帰り道は用意されていないでしょうし、たとえバラと再会できたとしても、別々の道へ進んでそれぞれの日々を過ごした二人が当時の気持ちのままでいられる可能性は極めて低いでしょう。

記憶の彼方に佇《たたず》むあの人は近いようで限りなく遠く、見えるのに決して手は届かない。簡単なことではない。でも受け入れなければならない。思い出は心の中でだけ輝く。

そのような結果になったことは果たして残念なことなのでしょうか？

そうかもしれませんし、そうではないかもしれません。全ては捉え方次第です。空

に浮かぶ雲はいつか消え去ってしまいますが、心を通わせあった美しい思い出はいつまでも消えることなく永遠に心の中に留まるものです。

第4章
王子さまの気づき

「唯一無二」だから好きだった。
それが事実ではないとわかった今、
それでもなお好きでいる理由はあるのか。
この問いを避けて通ることはできない。

王子さまの気づき

Ｂ６１２を後にした王子さまは、星巡りをしながら見聞を広めていきます。旅のあいだは気分も上々で、バラのこともさほど気にならなくなっていました。しかし、地球に到着して五千本のバラが咲き誇る庭園を通りかかったその時、王子さまはアイデンティティを揺るがされる人生最大の危機に直面します。

このシーンは物語の最大の見どころです。このシーンが後に続くキツネとの出会い、そして王子さまを危機から救い真の成長へと導くキツネの任務の話に繋がっていくのです。言い換えれば、このシーンを理解できなければ、『星の王子さま』を読み解くことは大変難しいと言えるでしょう。さて、五千本のバラを初めて目にした王子さまはどんな心境だったのでしょうか。

王子さまは自分はとても不幸な人間だと思いました。だって彼のバラは「私は宇宙で唯一の存在だ」と言っていたのに、このバラ園だけでもそっくりの花が五千本もあるのですから！

このことばからは三つの心境が読み取れます。一つは、自分のバラがこの世で唯一無二ではないことを知ったこと。これは王子さまの認識を揺るがす情報だと言えるでしょう。

二つ目に、王子さまはバラに「騙されていた」と思った可能性があります。なぜなら、バラはいつも「わたしはこの宇宙で唯一無二なの」と豪語していたのに、王子さまが他の星に辿《たど》り着くと、目の前には五千本ものバラが咲いているのですから。そうは言っても、Ｂ６１２には王子さまのバラしか咲いていませんから、生まれてからずっとそこにいたバラが、自分は唯一無二なのだと思い込んでしまうのも仕方ないのかもしれません。その一方で、この事実をバラが知ったら、辛さと恥ずかしさでどうかしてしまうかもしれないという王子さまの心配も読み取ることができます。
そして三つ目は、王子さまが自分は不幸な人間なのだと心を痛めてしまったことです。中には、友達のいない地球で自分の恋人とそっくりなバラたちと、しかも五千本ものバラたちと出会えたのだから落ち込む必要なんてないじゃないか、と思われる方もいるかもしれません。異国の地で同郷に会うことは確かに大きな慰めになるでしょう。しかし王子さまはその時の心情を次のように話しています。

「この世に一輪しかない花がそばにいると思ってたけど、ほんとにあったのは、どこにでもいるありふれたバラだった。あとは、ひざたけほどの火山が三つ。しかもそのうちのひとつは、ずっと消えたまま。これじゃ偉い王さまになんてなれるわけないじゃないか……」

ここではっきり述べられているように、王子さまの自己肯定感（self-cognition）は五千本のバラを目にした瞬間に崩れ去ってしまいます。私たちはいつも、食糧としてのパン（物質的な豊かさ）だけでなく、心のパン（自分の存在意義を肯定してくれる何か）を求めているのです。

王子さまは富でも権力でもなく「この世にたった一つしかない美しいバラを自分は有している」ことを拠《よ》り所《どころ》にしていました。「美しさ」ももちろん大事ですが、さらに大事なのが「唯一無二」であること(uniqueness)です。美しいものはこの世の中に溢れています。だからこそ、美しく、かつ一つしかないことが、かけがえのない価値をもたらすのです。

さて、どうして「唯一無二」はそれほどまでに大切なのでしょうか？

それは他者との比較によって生じる概念であることと関係しています。

何と比較するのでしょう？バラが唯一無二であるかは、他のバラと比べてみて初めて分かります。また自分と他人を比べることでも、そんなバラを持っているのはやはり自分だけなのだと再認識することができます。

王子さまは実のところ、美しく、かつ唯一無二であることに何にも変えがたい価値があると考えています。そして、この条件を満たしたバラの所有こそが王子さまに「この世の中で自分はいちばん幸せで、豊かで偉大な人間だ」という自信を与えてくれるのです。

ここからわかるのは、どのような人生に価値があるのかと言う問いに対して、王子さまはそれを測る一定の基準を持っていて、また同時に、この基準が比較的客観的で、かつ他人を推《お》し量るのにも使えるものだと信じていることです。だからこそ、大人たちを目《ま》の当たりにしても少しも卑屈《ひくつ》になることはなく、むしろ自信に満ち溢れていたのです。だって自分には何と言っても宇宙に一つだけのバラがいるのですから。

この点を踏まえると、王子さまがどうして五千本のバラを見た瞬間に自分を保てなくなってしまったのかもわかります。彼は、自分がこれまで虚構の価値観の中で生きていたこと、そして自分のバラは決して「唯一無二」ではないことに気づいてしまったのです。自分自身が納得できない理由で他人を納得させることはできず、かといって、他に自分を肯定する方法も見つからない。こうして王子さまのアイデンティティは危機に陥ってしまいます。

ここでいう「危機」とは、一瞬で生きる意味を見失ってしまったことを指します。なぜなら、その意味を与えてくれていた「唯一無二」という拠り所がなくなってしまったからです。

アイデンティティの危機に遭遇すると、戸惑ったり、落ち込んだり、傷ついたりするだけでなく、王子さまは二つの想定外の試練を受け入れなければならなくなるでしょう。

一つはバラへの愛に関して。王子さまが好きだったのは「唯一無二」のバラでしたが、それが事実でないとわかった今、それでもなお好きでいる理由はあるでしょうか。この問いを避けて通ることはできません。理由がないなら愛することをやめるか、或いは新たに愛する理由を見つけるかです。のちの展開からわかりますが、結果的に王子さまは後者を選びます。自らのアイデンティティを見つめ直すのと同時に、バラへの気持ちにも変化が生じたのです。

もう一つの試練はバラ自身がどう感じるかです。バラも王子さまと同じように、自分は「唯一無二」の存在だと信じて疑わず、またそこから自信を得ていました。彼女は単に王子さまの関心を引くために言っただけかもしれませんし、「唯一無二」であることそのものにも大きな意味はなかったのかもしれません。ポイントは、真相を知ってしまった王子さまがバラの心配をせずにはいられないだろうということです。

事実、この時王子さまが真っ先に思い至ったのは、他でもなくバラの気持ちでした。


「あの子、こんなの見たら怒ってどうにかなっちゃうだろうな……。きっと大げさにゴホゴホやって、死にそうなふりして、ばかにされないようにするだろうな。そしたらぼくは、手当てをするふりをしなくちゃいけなくなる。でなきゃあの子、ぼくへの当てつけで、ほんとに自分を枯らしちゃうよ……」

淡々と語っているように見えますが、そこには言葉に現れないたくさんの思いやりを読み取ることができます。まず、あれほどの大きな危機に直面した王子さまでしたが、真っ先に考えたのは自分のことではなく、バラの気持ちでした。私たちはこうした、一切の計算や理性的な判断の入る余地のない即時的な反応からこそ他者の本当の気持ちを知ることができます。このことからも、王子さまはバラがこの残酷な現実を受け入れられるかどうかを何よりも心配していることがよくわかります。

では、バラ自身はどのようにしてこの危機と向き合えばよいでしょうか。

王子さまは、これまで通り精一杯の思いやりでバラに尽くせば彼女はきっと大丈夫だと思っているようですが、これは少し独断的すぎるでしょう。バラからすれば、「唯一無二」であるかどうかは王子さまの自分に対する向き合い方に影響する大事な要素で、それはまた同時にバラ自身の自己肯定感にも影響するからです。そこで、王子さまのためだけに生きるのではなく、むしろ自分のために生きていく上で、バラは以下のように自問する必要が生じます。

「もしわたしが『唯一無二』でないとしたら、一体どうやって自分を肯定すれば良いの？」

そうです、バラも王子さまに引けを取らないぐらい大きな「危機」を抱えているのです。王子さまがそうだったように、愛する二人の関係においてはその愛がゆえに、バラが抱える問題も必然的に王子さまの悩みとなっていきます。

上述のように、五千本のバラを目にしたことで、王子さまは三つの困難と向き合うことを余儀なくされます。自分自身のアイデンティティ、バラのアイデンティティ、そして、これからどんな理由を以てバラを愛し続けていくのか。

この三つの困難は、最終的に自己、そして愛を理解する上で、「唯一無二」がどんな意味を持つのか、という問いに集約されるでしょう。王子さまが危機を乗り越えるためにはこの問題について改めて考える必要があります。

「キツネが現れたのはそんな時でした」

21章の冒頭に出てくる文ですね。「そんな時」とは王子さまがまさに危機的状況に瀕した時で、キツネの登場には、「なつける」道理を説き、王子さまを危機から救うことが意図されています。

「なつける」とはいったいどういうことを指すのでしょう。キツネによれば、それは繋がり（ties）を作ることです。キツネは以下のように具体例を示します。

> 君はまだ私にとって、どこにでもいる男の子に過ぎない、だから私は君を必要としないし、君だって私を必要としない。君にとっての私だって、どこにでもいるキツネに過ぎない。でもね、君が私をなつけたら私たちは互いを必要とするようになって、君は私にとっての、私は君にとっての唯一無二の存在になるんだ。

このことばには三つのキーワードが出てきています。「なつける」、「互いを必要とする」、そして「唯一無二の存在」です。

王子さまにとって「唯一無二」がどれだけ大切なものかわかっているキツネは、その概念を直接否定することはせずにもう一つの意味を附与しようとします。それを受け入れることができたなら、王子さまは自分を煩わせていた考え方から解放され、さらには自分とバラへの気持ちを改めて肯定できるようになります。

「大丈夫、例えぼくのバラが幾つもあるバラのうちの一つに過ぎなくたって、他のバラと何の違いもなくたって、彼女はぼくが面倒を見てきた。お互いに必要とし合う世界に一つのバラなんだから」

ポイントになるのは、どうして「なつける」ことを通して王子さまがこのような境地に至れるのかです。

ここでは、「二つの異なる唯一無二」という角度から考えてみましょう。

一つ目は認知的な意味で、つまりある事物が唯一無二かどうか、私たちは原則的には自らの認知能力を以て実証、或いは逆に否定することができ、その判断は真か偽かに分かれます。

例えば、B612にいるバラがはたして本当に宇宙で唯一の存在なのか、私たちは他の花との比較を通して知ることができます。もし二者が同じ種類であれば、そのバラは決して唯一無二ではないということになるでしょう。これは、私たちが自身の経験に則して導き出した、観察可能な事実に基づいた結論ですから、一定の客観性と普遍性を持っていると言えます。当初の王子さまの自信と危機もこの観点に根差したものでした。

キツネはこうした観点を決して否定はしませんが、他にもより良い理解の仕方があり、それこそが「なつけ合う関係における唯一無二」なのだと言います。この理解における唯一無二が指すのは、この世界に客観的、物理的に存在する事物ではなく、ある特別な関係に内在《ないざい》する気持ち、価値、記憶などです。

「なつけ合う関係における唯一無二」には三つの特徴が挙げられます。

(1)特定の関係の中で育まれる

(2)心を尽くすことを通してのみその存在を感じることができる

(3)関係の中に身を置いている人にとってのみ意味を持つ

そういうわけで、「君が私をなつけてくれたら君は私にとってこの世で唯一の存在になる」

とキツネは言うのです。ただしここでいう「唯一」は主観的な思い込みや幻想ではありません。むしろ、真実として存在しており、当事者に強い影響を与えるからこそ心を揺り動かされ、共に築き上げた関係の中で意味を見出すことができるのです。

まだ少し抽象的かもしれませんね。ここでいま一度、キツネの視点から王子さまと交流してみましょう。

「生きていくうえで一番大事なのは、外から見た、客観的な視点で彼女がどれだけ特別かじゃない。それがたとえ客観的に唯一無二のものとしてこの世界に存在していたとしても、それでも彼女と君の間につながりが、気持ちがなければ、その唯一無二に何の意味があるの？

何より大事なのは、君が心から気にかけている人（ここでは便宜的に「人」に限定する）に出会って、心を尽くして二人の関係を作っていくことなんだよ。でも、そんな関係を築くのは簡単なことじゃない。時間をかけて相手に関心を注いで、話に耳を傾けて、相手の思いを理解したいと、心から願うことが必要なんだ。

それ以外にも、お互いが一番心安らかに過ごせるあり方を探すのと同時に、相手に寄り添う責任を果たし、そして愛がゆえに流れる涙を受け入れる覚悟も必要になる。

キツネは続けます。

そう、私だって唯一無二じゃない。君も知っているように、この世の中には数え切れないほどのキツネがいるでしょ？君だって同じだ、この世界にはたくさんの小さな男の子がいることを私は知ってる。でも、私たちがお互いになつけ合ったなら、少なくともこの関係において私たちは唯一無二になる。一緒に歩いた道、二人だけの思い出、二度と繰り返すことのない巡り合わせがもたらす変化によってかけがえのない関係を築けるんだよ。

こういう気持ちって、実際に身を投じてみて初めてわかるものなんだ。例えばさ、あそこに麦畑が見えるでしょ？ 私はパンを食べないからそれも無用のものに思える。麦そのものも私にとっては何の使い道もないしね。でもね、もし君が私をなつけたら話は別。風が麦を揺らす度に私は嬉しくなって、その度に君の黄金色の髪を思い出すようになる。どう？ 君の存在は私にとってかけがえのないものになった。他でもない君が私のいのちに入り込んだんだ」

キツネの話を聞き終えた王子さまは、これまでずっと執着していた唯一無二という呪縛《じゅばく》から解放されます。自分がバラを愛していたのはバラが誰から見ても唯一無二の存在だからではなく、互いになつけ合い、互いに相手の命を輝かせる「自分だけの唯一無二」だからなんだと気付くのです。

王子さまがこの道理を本当の意味で理解したことはどこからわかるでしょうか。智彗者の象徴として描かれるキツネの勧めを聞き入れた王子さまは、再び五千本のバラ

たちの元へ戻り次のように言っています。

「きみたちはきれいだけど、まだからっぽだ。だって誰もきみたちのために死んだりしないもの。もちろんぼくのバラだって通りすがりの人からすればきみたちと変わらないだろう。でも、あの子はいるだけで、きみたち全員合わせたって敵わないぐらい大事なんだ。だってあの子はぼくが水をやった。ぼくがガラスで覆《おお》ってあげた。ぼくがついたてで守った。ぼくが毛虫を追い払ってあげた（二、三匹、チョウチョにするために残したけど）。あの子の不満も、自慢や強がりも、彼女の沈黙だってぼくが聞いた。なぜって、あの子はぼくのバラだから」

彼女はぼくのバラだ。だからぼくにとって宇宙で唯一無二の存在なんだ。

これこそが、王子さまの気づきでした。

第5章
あなたが五千本のバラのうちの一本に過ぎなかったら

2つの主体はいのちの偶然によって
時空のある一点でめぐりあう。
その上で互いになつけあえる確率は限りなく低い。
「縁」の難しさが、ここにある。

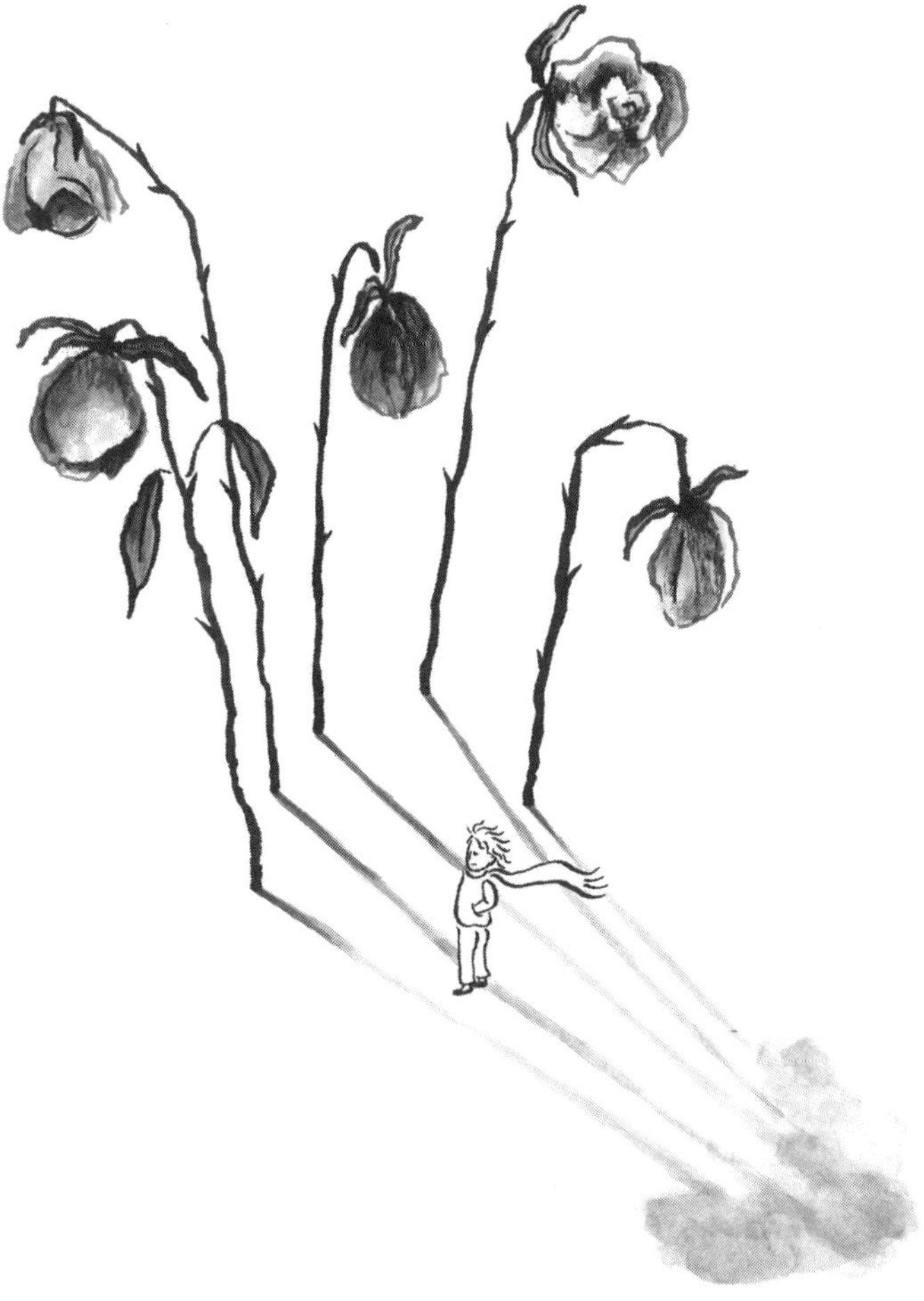

あなたが五千本のバラのうちの一本に過ぎなかったら

『星の王子さま』の愛読者なら印象に残っているでしょうか。原文の第20章で、地球に着いた王子さまはバラの花の咲きそろった庭園を通りかかりますが、そこに咲いた五千本のバラは王子さまのバラとそっくりでした。この時、彼は自分のバラがこの世で唯一無二のものではなかったことに気づき、ひどく悲しみ、アイデンティティの危機に陥ります。しかしその後、王子さまはキツネに出会い、生きる上で一番大切なのは、なつけることを通して唯一無二の関係を築くことなのだと悟りました。

別れ際、キツネは王子さまにもう一度バラ園を見に行くように伝えます。そうすることで初めて、王子さまが自信を取り戻し、彼と彼のバラとの関係を見つめ直すことができると考えたのです。そして次のようなシーンが続きます。

「きみたちは、ぼくのバラとはちっとも似ていない。きみたちは、まだなんでもない、だってだれもきみたちをなつけてないし、きみたちもだれひとりなつけていないんだもの」

これを聞いたバラたちはばつが悪そうにしましたが、王子さまは構わず続けます。

「きみたちはきれいだけど、からっぽだ。きみたちのために死ぬことなんてできない。もちろん、ぼくの花だって、ふつうにとおりすがったひとから見れば、きみたちとおんなじなんだとおもう。でも、あの子はいるだけで、きみたちぜんぶよりも大事なんだ。だって、ぼくが水をやったのは、あの子なんだもの」

王子さまの態度は、初めてバラ園を通りかかったときとは全く違っていました。自分を改めて肯定しようと焦っていたのか、或いはバラへの想いが強すぎたのかもしれません。自分の言葉が五千本のバラたちの自尊心を深く傷つけ、自らがかつて味わったアイデンティティの危機に陥らせてしまったことには思いが至っていないようです。

もしあなたがこのバラたちだったら、どんな反応をするでしょうか？

おそらくそんなことを考える読者は少ないでしょう。なぜなら、ほとんどの人はバラたちの立場から物語を捉えようとはしないからです。読者が羨《うらや》むのは往々にして「王子さまの愛するバラ」なのです。

しかし、少し立ち止まって考えてみると、現実の生活において、私たちのほとんどが彼のバラではなく、五千本のバラの一つに過ぎないことに気づきます。もっと言ってしまえば、バラですらなく、路傍《ろぼう》に生《は》えた取るに足らない草花でしかないのかもしれません。

バラたちは辛かったでしょうが、この話は、王子さまの側だけに理があるとは思え

ず、「王子さまの言い草はあまりに不公平だ」と反論することもできます。

まず一つ目に、彼女たちにはそれまでに「なつける」ことの道理を知る機会がありませんでした。同じように、王子さまもキツネに出会っていなければ悟りに至ることはなかったでしょう。人生のメンターに出会えるかどうかは、多かれ少なかれ運に左右される部分があります。いくら王子さまが正しくても、勝ち誇った態度で言い立てたりするものではありませんし、最低限の同情と理解を持って彼女たちに接するべきでした。

二つ目に、彼女たちがこの道理を知ったとしても、自分の王子さまに巡りあうにはまたここでも運が欠かせません。たとえ、いつか別の王子さまがこの庭を訪れたとしても、なつけられるのはやはり五千本のうちのたった一本だけなのです。バラたちのこのやるせなさを、幼い王子さまは知る由もありません。

三つ目に、王子さまは彼のバラ一つで五千本のバラすべてよりも大切だと言いますが、この判断は公平さに欠けてはいないでしょうか。ここでいう「大切さ」はあくまで王子さまの尺度で計ったものに過ぎません。客観的に見れば、すべてのバラは平等でそれぞれが内在する価値を秘めており、そもそも比べることなどできません。そういう意味では、彼女たちが王子さまの基準に沿って自分を貶《おとし》める必要もないのです。

これだけ言い返せば、バラたちは心穏やかに暮らしていけるでしょうか？　おそらく難しいでしょう。王子さまはここでかなり重要な哲学的命題を提示しています。「なつけることを欠いた人生に価値はない」

もしこの結論を受け入れるのであれば、バラたちは王子さまの去った後、大きな試練に直面することになります。なつける対象を探し、なつけ合う関係を築いていくことは決して簡単ではありません。

生活の主体はなんと言っても彼女たち自身です。他人の目どうこうではなく、あくまで自分のために、より良く生きるためにはこの問いに真剣に向き合う必要があるのです。

バラたちは少なくともこの問いに二つの方法で挑むことができます。主体的になつける対象を探すか、或いは「なつける」という概念をより広い意味で捉えるかです。

一つ目の方法は言わば真っ向勝負ですが、様々な条件が揃う必要があります。例えば、まずなつけるに値する相手を見つけ、同時にその相手もなつけられることを望んでいることが求められます。なつけることは、双方向的に選択し、受け容《い》れ、没入していく、相互的（mutual）過程なのです。

ゆえに、なつけることは一方による決定だけでは成り立ちません。五千本のバラがどんなに王子さまを慕おうとも、王子さまの目に彼女たちが映っていなければ徒労に終わります。しかし、それは必ずしもバラたちの美しさが足りない、或いは、愛されるに値しないことを意味しません。ただ、その時の王子さまの心に彼のバラ以外の他者が入り込む余地がなかっただけの話です。

関係が始まる上で最も大事なのは、誰が正しいかではなく、釣り合いが取れているかです。なつけるという行為においては自分と相手の人格が同時に尊重されなければならないからです。二つの主体はいのちの偶然によって時空のある一点で巡り会います。その上で互いになつけあえる確率は限りなく低いものです。「縁」の難しさがここにあります。

バラたちも遅かれ早かれ、二者の関係において一方がどれだけ多くの代価を払おうとも幸せな結末が待っているとは限らないことを知る必要があります。

二つ目の方法はどんなものでしょうか？

それは「なつける」という概念のイメージを広げることです。生きる意味を探す上で「なつける」ことは避けられないとしても、その対象が王子さまである必要は必ずしもありません。仕事や信仰・芸術の探求や社会理想の実現など、自分が本気で打ち込めるものであれば何でも構わないのです。

こう言うと詭弁《きべん》のように聞こえるでしょうか。いいえ、周囲をよく見渡せば、家庭や仕事・恋愛以外にも、自分が価値を感じるものに多くの時間と労力を注ぎ込み、ひいては生きがいとしている人がたくさんいることに気がつきます。動物愛護・環境保護・持続可能な生活・歴史認識の是正・LGBT・労働環境改善などその範囲は多岐に渡ります。

さらに重要なのは、それが自分自身にとってかけがえのない選択で、かつ合理的な理由を以って正当化（justification）できる大切な目標であるということです。

目標が心から望むものとなった時――目標の背後にある価値がいのちと深く結びつき、分かつことのできない繋がりとなった時――それは最も深い意味において自己を形作り、いのちを根付かせる力となります。また同時に、こうした内的な繋がりは責任感をもたらし、その価値を守り実現するモチベーションとなるのです。

このように、キツネの教えに従うならば、特定の人物に限らず、人生における目標の追求も「自らの人生をなつける」という意味でなつける対象になり得るのです。

この気づきを得たなら、バラたちはもう毎日のように庭園で運命の王子さまを待ち続ける必要はなくなり、自分の興味の湧くものを再発見したり、身を投じる価値を感じられることを探しにいくことができるでしょう。そして声を大にして王子さまに言うのです――私のために死んでくれる人がいなくたって、私のいのちはからっぽなんかじゃない、と。

最後に、キツネの教えにはありませんでしたが、もう一つ「自分をなつける」という考え方がありえます。これは私たちが忘れてしまいがちな視点です。

私たち一人一人は主体であり、同時に客体でもあります。「自分をなつける」とは、自らのいのちを心を砕いて向き合うべき大切な存在として捉え、関係を築く対象とすることです。身体と内なる思いに耳を傾け、自らの人格を愛しむことを通して、自分自身を見つめ、大切にできるようになっていくのです。

自分を知ることは決して容易ではありません。最も身近に思える「わたし」という存在は、むしろ最も遠い存在であるからです。人は自分自身を騙し、哀れみ、卑下し、諦め、ときに自暴自棄になったりもします。自分の人生を本当の意味で見つめた時、

私たち自身が「わたし」を最も理解し、愛する存在だとは限らないのです。「わたし」を知り、「わたし」を愛することは、人として生きる上で最大の課題とも言えるかもしれません。

ここで気をつけたいのは、自分をなつけること・他人をなつけること・生きがいをなつけることの三つはそれぞれ対立する並立不可能な概念ではなく、互いに補いあい、支えあう関係にあるという点です。自分をなつけることができて初めて他人や生きがいをなつけることができるとさえ言えるでしょう。

「わたし」はすべての関係の主体です。「わたし」を心から愛し、健全に、正直に、愛をもって生きることができなければ、外の世界と良い関係を築くこともままならなくなってしまいます。

王子さまはなぜああもすんなりとバラやキツネ、操縦士と深い絆を結べたのだろうかと不思議に思うかもしれません。それはもちろん彼の容姿によるものでもなければ、権力や財産でもなく、何よりも彼が自分自身を愛していたからです。自分を愛していたから、他者の愛を容易に得ることができたのです。

こうした気づきを得られたなら、たとえ外の世界でうまく生きられず、自分のために死んでくれる相手に出会えなかったとしても、バラたちはきっと胸をはって自分にこう言えることでしょう。

「大丈夫、それでも私は毎日夕日を眺めて、麦畑を吹き抜ける風の音に耳を澄ませ、季節とともに移ろう葉の色を感じながら歳を重ねていける。だって私のいのちは、ほかでもない私自身がなつけたんだから」と。

第６章
小麦色に君を思う

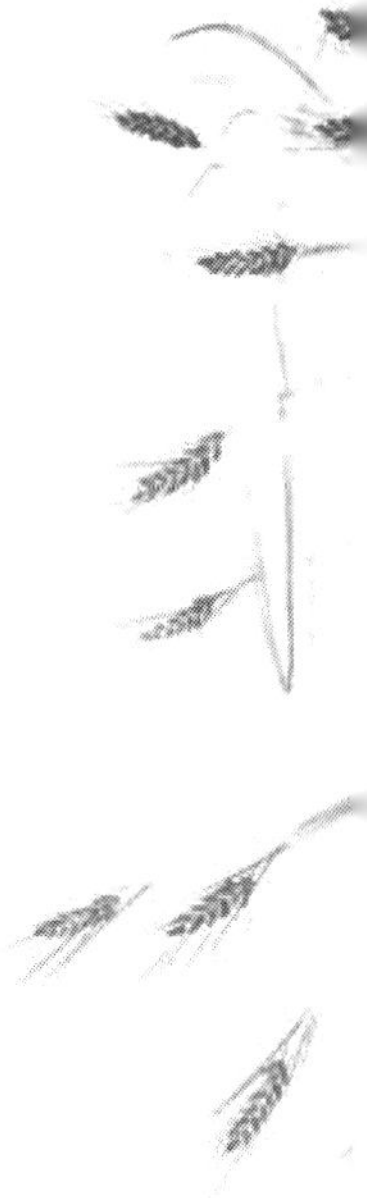

君がいなくなっても、
「小麦色」が
君を思い出させてくれるんだ。
小麦色の髪をした王子さまが
いのちの中で息づいてることを。
一緒に過ごした時間が
かけがえのない宝物になったことを。

小麦色に君を思う

『星の王子さま』第21章に王子さまとキツネが最後のお別れをする場面に、胸を打たれるやりとりがあります。

こうして王子さまはキツネをなつけましたが、別れの時はもうすぐそこに迫っていました。

「ああ……」キツネは言った。

「……私、泣きそうだ」

王子さまが言った。「きみがいけないんだ。ぼくは、少しだってきみを傷つけたくなかった。でもきみがなつけてって言うから……」

「そうだよ」「でも、泣くんでしょ！」「うん」「それじゃあ、きみは、なんにもいいことないじゃない！」

「あるよ」とキツネは言う。「小麦色のおかげでね」

これはただのお別れではなく、永遠の別れです。ここに至る前に、二人は地球で巡りあい、キツネは王子さまに「なつける」ことの大切さを教え、王子さまもまたキツネをなつけました。

この過程で、王子さまは自分のバラに対する思いを理解するのと同時にその責任に気付き、この地を去る決意を密かに固めていきました。一方のキツネは辛く思いながらも無理に引き留めようとはせず、その頬には涙が伝っていました。

王子さまは辛そうにするキツネを見て、心では申し訳なく思いながら、その思いを口にすることは決してせず、逆に理不尽にもキツネにその責任を押しつけようとします。それでもキツネは怒ったりしないばかりか、「なつけることに痛みが伴うことは初めから分かっていたことだ」と王子さまの態度を受け止めています。キツネに後悔はありません。王子さまは「小麦色」を残してくれたからです。遠く離れ離れになってもう二度と会えないとしても、「何も残らない」訳ではないのです。

ではなぜ、王子さまはこんなにも非情に見えるのでしょうか。

背景には、王子さま自身にとっても納得することが難しい事情が絡んでいます。この場面では非情に見える王子さまですが、キツネのことを尊重し、信頼し、またその教えに対しても素直に耳を傾け、もちろん感謝もしていました。人生最大のアイデンティティの危機を迎えた彼を救い出し、彼のバラが例え宇宙にただ一つでなくてもなつけることを通して唯一無二の関係を築けるのだ、と教えてくれたのは他でもないキツネだったからです。

そんな王子さまが、キツネとの別れに何も感じないはずがありません。その反応は責任逃れでも恨みごとでもなく、別れのつらさ故に生まれた一種の反動だと言えるでしょう。キツネに尋ねながら、自分自身にも問いかけているのです。「美しいものもすべてが消えゆく定めにあって、愛を貫《つらぬ》いても傷つくだけなら、愛を尽くすことになんの意味があるのだろう？」

王子さまは絶望の中で、納得できる理由をキツネが与えてくれることを切に願っていました。そうでないと、なつけることの真の価値がわからず、結局は「何も残らない」からです。

どうしてなつけることが人を傷つけることになるのでしょうか。

よく考えると不思議な話です。なつけるという行為は「絆を作る」、「愛し合う」、「相手を孤独から救う」ことに本義《ほんぎ》があり、人を傷つける要素を含まないはずです。

こう捉える人もいるかもしれません。人が集まれば矛盾は避けられない。矛盾があれば衝突があり、衝突があれば誰かの利益が失われるのだ、と。しかし、サン＝テグジュペリが伝えたいのはそういうことではありません。キツネが傷ついたのは、王子さまとの間にいざこざやすれ違いがあったからではなく、むしろ王子さまを心の底から愛していたからです。

この見方は少々わかりにくいかもしれませんが、ルイス（C. S .Lewis）の著書『四つの愛』に出てくる言葉が理解の助けになるかもしれません。

「愛すれば容易に傷を負う。心が乱れることは避けられず、あなたは苦しみ、心が壊れてしまう可能性もある。もし少しでも傷つきたくないと思うのなら方法が一つだけある。誰も、動物さえも愛さないことだ」

そう、人は一度《ひとたび》愛せば相手のことを気にせずにはいられなくなり、気になれば脇目も振らず向き合います。そうなれば、「あなた」の中に「わたし」が、「わたし」の中に「あなた」がいる状態となり、想いが募るほど、その関係がバランスを失った時の混乱も大きくなり、身も心も焼かれ、失意は深まっていきます。

愛が深ければ深いほど、傷つく可能性は高くなります。傷つくこと自体が、実は愛に内在するものなのです。

ここでいう「傷」は、悪意や敵意によるものではなく、胸にポッカリ穴が空いたような虚しさを指します。それが最も切迫して感じられるのは、相手が自分のもとを離れていく時でしょう。その時、私たちのいのちの最も美しく柔らかい部分も一緒に持ち去られ、自らのいのちが不完全になってしまったと感じることで、強い虚無感を抱くのです。

このように考えるのは少し悲観的過ぎるでしょうか？

「確かに愛し合う関係においては二人がどんなに努力してもうまくいかず、深く傷ついてしまう可能性はあるけど、現実にそれでも最後は幸せに暮らしている人もたくさんいるじゃないですか」

サン＝テグジュペリももちろんその点は否定していませんし、彼もすべての愛情が末永く幸せに続くことを祈っていたことでしょう。しかしそれでも彼は、「なつけることは全身全霊の愛を要求する。それゆえに人は脆《もろ》くなり、人生における様々な不確定要素がもたらす痛みを受け入れなければならない」と説いています。

その最たるものが、人の命です。

自分がいつこの世から旅立つことになるのかは誰にもわかりませんが、いつかその日が訪れることだけはわかっています。別れが必然であるなら、別れの苦しみも必然で、それは遅かれ早かれ私たちと、私たちが愛する人のもとにもやってくるのです。

北宋《ほくそう》の柳永《りゅうえい》が詠んだ詩に以下の一節があります。

此去經年，應是良辰好景虛設

「あなたが私のもとを去ったのちは、どんなに楽しい時間もどんなに素晴らしい景色も意味をなさないでしょう」

愛する者を失った経験のある人なら誰もが理解できる感覚ではないでしょうか。

王子さまも、ルイス（C. S .Lewis）もはっきりとこの点を理解しています。傷つきたくないなら、関わらない方がいい。関わらなければ、愛ゆえにもたらされる痛みに悩まされることはないのだから、と。

このような捉え方は理性に欠けるでしょうか？

そうとも限りません。過去につまづき、傷を負ったことがある人の多くが口にする「こんなに辛いものだと分かっていれば、愛したりなどしなかった」といった言葉を私たちは数えきれないほど聞いてきました。

ここでもう一度王子さまの抱えていた問題を考えてみましょう。本当に、最後には「何も残らない」のでしょうか。

王子さまのこの問いは、私たちの社会におけるコストパフォーマンスの考え方と一致します。「これだけ代価を払って何が得られるのでしょうか？」「利益は損失をちゃんと上回っているのでしょうか」キツネなら、こう答えることでしょう。

「大丈夫、大事なものは得たよ。私には『小麦色』がある」と。

これはどういう意味でしょうか？

「傷つくことは分かってる、それでも愛することを選ぶんだ。『小麦色』の記憶が残るから」のように解釈するなら、記憶（思い出）は目的、なつけることはあくまで手段に過ぎず、傷つくことは予測可能なコストといったところでしょうか。

こうした打算は確かに別の状況では通用するかもしれませんが、「人がなぜ敢えて愛することを選ぶのか」を考える上では全く筋が通らないでしょう。恐らくですが、「私が全身全霊をかけて愛するのは、思い出を残すためだ」などという人はあまりいないのではないかと思います。思い出は愛したことの余韻ですが、私たちが欲するのは愛そのものであり、決して結果としての思い出ではありません。聡明なキツネは、そんな本末転倒なことは言わないでしょう。

では、キツネは一体、王子さまに何を伝えたかったのでしょうか。

思うに、キツネはこう言いたかったのではないでしょうか。

「何も残らないなんてことはないんだよ。だって私たちはお互いになつけ合ったで

しょ？知ってる？私はパンを食べないから小麦に興味なんてないし、ましてや小麦の色になんて何も感じなかった。でもそれも君のせいですっかり変わってしまったんだ。君がいなくなっても、小麦が風に揺れるたびに思い出させてくれる。小麦色の髪をした王子さまが私のいのちの中で息づいてることを。二人が一緒に過ごした時間がかけがえのない宝物になったことを。これ以上に求めるものなんてあるのかな」

そしてキツネはこう続けます。

「もちろん、愛さないという選択肢もある。でも愛のない人生に、なんの意味があるだろう。君との別れはとてもつらい。でも愛が痛みに内在するというなら、私たちはそれをしっかり受け止めないといけない。傷つかずに本気で誰かを愛するなんてあり得ないんだ。傷つかない愛は、最高の愛じゃないし、本物じゃない」

キツネならきっと、そんなふうに言うでしょう。

第７章
キツネの気持ち

全力で愛した。
愛する人に、愛し方を教えた。
きっともう、それで十分だ。
私の愛には、
無念も、失意も、涙だってあるけど、
たぶん、いのちってこういうものなんだ。

キツネの気持ち

キツネは王子さまとお別れする際、「でも、君は忘れちゃいけない。自分のなつけたものにずっと責任を果たしていかなくちゃいけない。君は、君のバラに責任を果たさなきゃいけないんだ……」と伝えました。この教えを最後に、二人は別れ、お互いの道を歩み始めます。

繊細な読者はこう考えるかもしれません。なつけた者に責任があるのなら、王子さまのキツネに対する責任は問わないのかと。こんなにも王子さまを愛し、こんなにも離れがたく思っているキツネは、なぜ自ら王子さまをバラのもとに送り出したのでしょうか。

この謎が解けなければキツネの気持ちを理解することはできません。想像力と共感力を働かせながら、キツネの心の動きを見ていきましょう。

キツネと王子さまが出会った時、王子さまはまさに人生の危機に直面しているところでした。自分のバラが幾千幾万のバラのうちの一本にすぎなかったとわかったことで、彼はひどく落ちこみ、どうしたら良いかわからなくなります。そんな時、キツネが王子さまを慰めるために言います。

「君が私をなつけたら、私たちはお互いを必要とするようになって、君は私にとっての、私は君にとっての唯一無二の存在になるんだ」

この時キツネは、つまるところ王子さまに「私をなつけて！」と言っています。「そうすればお互いを愛するようになり、君は孤独から解放される、そして私は君にとって唯一無二の存在になるから」と。ところが、王子さまの答えはキツネの想定とは違っていました。

「わかるような気がするよ……一輪の花があるんだ……あの子は……ぼくをなつけ

たんだと思う……」

この言葉は何を意味しているのでしょう？　そう、王子さまはまったくと言っていいほどキツネに気持ちを向けていません。キツネの話を聞いた王子さまの頭に真っ先に浮かんだのは他の誰でもなくバラのことでした。王子さまはこのことをきっかけに、バラが自分を「なつけた」からこそ自分はこんなにもバラを気にかけているのだと考えるようになります。

キツネはさぞがっかりしたことでしょうが、王子さまの過去を知らないキツネにとってそれは仕方のないことでしょう。

普段のキツネなら困難を察知し身を引くところですが、キツネの王子さまを慕う気持ちは思いの外《ほか》強く、何気ない言葉を交わした後、堪えきれずまた「なつける」ことに話題を戻し、自らの思いを語り始めます。

「あの小麦畑が見える？私はパンを食べないから小麦に興味なんてないし、麦畑を見ても心に浮かぶものもない。でもそれはとても悲しいと思う！君の髪の毛は小麦色、だから君が私をなつけたら、世界は全く変わってしまうんだ！小麦を見ても、小麦が風に揺れる音を聞いても、私はどうしたって嬉しくなってしまうんだ……」

この心震わせる訴えは、キツネの愛の告白にほかなりません。聡明な王子さまがそれに気づかないはずはありませんから、少なくとも礼儀として何らかの感謝の気持ちを表すべきところなのですが、不思議なことに、王子さまは何の反応も示さず、ただ黙ったままです。なぜでしょうか？王子さまはそのような密接な関係を築くことをためらったのだと推測できます。対してキツネはばつが悪くなり、辛さを感じながらもまだ諦めることができません。

キツネは押し黙ってじっと王子さまを見つめ、そして、「お願い……私をなつけてよ！」と言いました。

キツネは自尊心も何もかもかなぐり捨てて王子さまにすがります。これにはさすがに王子さまも心を動かすでしょう。

「ぼくもそうしたいけど……でもね、あんまり時間がないんだ。友だちを見つけなきゃいけないし、知らなきゃいけないこともたくさんあってさ」

何か違和感を感じませんか？口では確かに同意していますすが、その実は相手を受け入れることを拒否していて、結果的に言い訳して煙に巻く形になっています。そもそも、どうして時間がないのでしょう。そしてどこで友だちを探すと言うのでしょう。

理由は簡単です。王子さまが愛しているのはバラであって、キツネではないのです。キツネの気持ちには気づいていましたが、彼の心は早々に定まっており、そこにキツ

ネの入り込む余地はありませんでした。

キツネはそんな王子さまの気持ちを理解したでしょうか。もちろんです。

そうとなれば、愛する気持ちは胸にしまいこむほかありません。そこで、これ以上「愛情関係」の構築にこだわるのはやめ、「友達が欲しいなら、私をなつけてよ！」と「友情」の構築を申し出ます。

すると王子さまはようやく態度を変え、真剣な眼差しでキツネに尋ねます。「ぼくはどうすればいいの？」こうして王子さまはキツネをなつけ、二人は晴れて友だちになったのです。

この解釈が正しければ、王子さまの心の中で両者ははっきりと分けられていることになります。キツネに対しては友情、バラに対しては愛情というふうに。キツネの教えは、王子さまのバラに抱く気持ちの理解を促し、結果として彼のバラへの想いを深めることにもなりました。

ですから、一緒に過ごす日々の中で、王子さまがバラとキツネの間で揺れるということはありませんでした。二人のうちどちらかを選ぶという決断をする必要も感じませんでした。王子さまにとって、いつかその場所を離れなければいけないことは自明《じめい》だったからです。

一方のキツネはどうでしょう。その想いは王子さまよりもずっと複雑でしょう。もともと「愛情」を求めていましたがその願いは叶わず、手に入ったのは友情でした。ではキツネはがっかりしたでしょうか。それはそうでしょう。それでもその経験と智慧をもって、愛情は無理強いできるものではないと自らを諭《さと》し、哀しみを、ましてや怨めしく思う感情を表に出すことはありませんでした。

だからと言ってキツネは王子さまを愛することをやめたのではありません、愛し方を変えたのです。キツネは力の限り王子さまに愛することの大切さを説き、彼がバラをより深く愛せるように導きました。そして、「帰る前にもう一度バラ園に行ってみなよ。君の花が世界にひとつだけってことがわかるはずだよ」と背中を押すのです。

キツネのこの行動にはどんな意味が込められているのでしょうか。バラ園は、王子さまが「危機」に陥った場所でした。「なつける」道理を悟った今、再び五千本のバラと向き合うことで自分を取り戻し、またバラへの愛情を確認してほしい、キツネはそう願っていたのです。

キツネは言います。「君がバラのために使った時間が、君のバラをそんなにも大事なものに変えたんだ」そして別れ際にもう一度、しっかりと伝えます。「君は、君のバラに、責任を果たすんだ」

このことからも、キツネが終始、王子さまの気持ちを第一に考え、どうすればバラを大切にできるのか教え諭していることがわかります。そこには不平も嫉妬《しっと》もなく、なにかしらの見返りを求める気持ちもありませんでした。

キツネがなぜ王子さまのバラへの責任を繰り返し伝えながら、キツネ自身への責任は求めないのか。キツネがそれを求めていないわけでは決してありません。ただ、王子さまの思いがバラに注がれていることを、キツネは誰よりもはっきりと分かっていたのです。

そんなキツネの愛はどんな愛だと言えるでしょうか？

ここではそれを「無私の愛」と呼びたいと思います。この愛において、キツネは自分を最も低く、重要でない位置に置き、さらには忘我《ぼうが》の境地に至り、愛する人のことだけを考えています。

どうしてそこまでしようと思えるのでしょうか？それはキツネが心から王子さまを想っており、その想いは王子さまのいのちに自らを重ねるほどに強く、結果として相手の幸せを何よりも願うようになったからです。

「愛」を経験した人ならきっとその気持ちがわかると思いますが、これは並大抵のことではありません。ふつうの人は愛に見返りや結果を求め、相手を完全に独占することを渇望し、さらにはその関係がいつまでも変わらずに続くことを願います。

王子さまもそのことはよくわかっていました。だからこそ別れの時、離れがたく涙

が溢れそうになっていたキツネに言ったのです。

「ぼくは、きみを少しだって傷つけたくなかったんだ。なのにきみがどうしてもなつけてくれっていうから…」

この台詞から分かるように、王子さまはキツネの気持ちに気づいていましたし、最後には何も残らないことも、この気持ちがゆえにキツネが結局は傷ついてしまうことも全部知っていました。

聡明なキツネも当然全て分かっています。分かっていて、それでもなお愛することを選んだのです。それは「無私の愛」と呼ぶに相応《ふさわ》しいものでしょう。

「いいことはあったよ、小麦色のおかげでね」

最後にこんな言葉で自分を慰めていることから、キツネがこの関係を経て、愛とは何かということについて深い気づきを得たことがわかります。

その気づきとは何を指すのでしょうか。難しい問題ですが、考えてみましょう。

愛しても、愛されるとは限らない。

そんな浅い、誰でもわかるようなことにあえて気づく必要はあるでしょうか? ありません。第三者の立場から、ある出会いと別れに対して「愛なんて本質的に偶然の産物で任意的で不確定なものだから、愛したら必ず愛されるなんて誰も保証できないよ」と結論を下すのは簡単です。

しかしキツネの立場になって考えてみるとどうでしょう。最愛、人生においてかけがえのない出会い、このまま離れれば一生後悔する、そんな思いを抱く対象を目の前にして、こだわりなくさらっと「まぁいいよ、ダメならダメで、他にも選択肢はたくさんあるんだから」なんて言えるでしょうか。

人は誰かを愛するとき、同じように愛されることを強く願い、同時に、自分を愛すべき数えきれないほどの理由を認めさせたいと願います。

それゆえに、全力で愛を注いだ相手が自分を愛していないと気づき、悶《もだ》え苦しんだ末にありのままの事実を受け入れていく過程は、決して生易しいものではありません。

「ありのまま」とは、自分も他人も欺《あざむ》かず、怨みも妬《ねた》みも持たずに、愛する人が独立した一個の個体であることを意識し、自分と同様に愛の対象を自由に選ぶ権利を持つことを受け入れることです。

言い換えれば、愛の主体は「わたし」でもあり、「あなた」でもあります。「わたし」が選ぶように、「あなた」もまた選ぶのです。

人生における出会いに唯一絶対のものはありません。そして相思相愛の関係は、数えきれないほどの偶然に導かれた、極めて得難い縁なのです。

こうした考えを経れば、キツネは自然と無理強いすることには意味がないと考えるようになります。それは「やっても無駄」ということではなく、「無理強いすること」と「愛する人を尊重する態度」が相反することを意味します。愛するには、独立した個体としての相手、そしてその人の選択への尊重が求められるのです。

愛することに「尊重」を持ち出すなんて理性的過ぎて、それでは感情的な繋がりが犠牲になってしまわないでしょうか？

確かに、関係が深まるほど、ひいてはお互いの境界を感じない、一つになるような感覚を望むのは人の世の常でしょう。しかしこうした同化欲求は、そもそもそれぞれの個体が自立していて、かつお互いに異なっていることを前提としています。二つを分かつ境界がなければ、そもそも「結びつき」というものは生まれ得ません。

それゆえに、相手の独立した人格を認め、その選択を尊重することは、最も深い意味で、愛に内在する行為だと言えるのです。

もしキツネの悟りがこの段階で止まっていたとしたら、王子さまとバラの関係性を知った時点で静かに去ればそれで済んだ話です。しかしキツネはそうはせず、友達としてなつけてくれるよう頼み、王子さまの孤独な日々に寄り添い、少しづつ、「愛する」ことの本当の意味を教え導いていきました。その過程で、キツネもまた「王子さまを愛する者」から「王子さまの知己」へと姿を変えていきました。

キツネはなぜこのような変化を遂げたのでしょうか？

これはキツネの二つ目の気づきに関連します。王子さまから同じだけの愛を与えら

れることが望めないからといって王子さまへの気持ちを手放す必要はないのだ、と考えるようになっていったのです。相手が自分に何をもたらしてくれるかではなく、相手のために何ができるか、愛する人がより良く生きていくことを願ったゆえの変化でした。

そして、たくましく成長した王子さまを目の前にしたキツネはこみ上げる想いをこらえ、引き留めようとはせず、愛するバラのもとへ帰って果たすべき責任を全うするよう王子さまの背中を押したのでした。

ここでのキツネはまるで、「愛する人の幸せな姿を見ることができれば、それだけで生きる意味を見出せる」と私たちに教えてくれているようです。

王子さまが去った後、夕ぐれを背にキツネは独り寂しく、風に揺れる黄金色の麦畑を眺めていました。離れがたくない訳はありません。これからもずっと事あるごとに思い出すでしょう。それでも、後悔はないのです。

或いはキツネは自分自身にこう言い聞かせているのかもしれません。

「全力で愛した。全力で、愛する人に、愛し方を教えた。きっともう、それで十分なんだ。私の愛には、無念も、失意も、涙だってあるけど、たぶん、いのちってこういうものなんだ」

キツネ曰く「心でなくちゃ よく見えない。大切なことは、目に見えないんだ」

これこそが最大の秘密です。

王子さまにも、キツネのこの気持ちはちゃんと届いているでしょうか。

第8章
愛することの責任

先の見えない未来に向かい、
命の危険も、すべてを失うことも顧《かえり》みず、
バラのために勇気ある一歩を踏み出した…
なんと悲壮な決意、
なんと高貴な魂！

愛することの責任

王子さまは毒ヘビにかまれた後、どうなったのでしょうか？

これは私たち読者にとって大変興味深い問いですが、主な見解として楽観論と悲観論の二つの見方があり得ます。王子さまが自ら死ぬことを選んだのであれば悲劇ですし、毒ヘビの持つ不思議な力でＢ６１２に帰ってバラと再会した、というのであれば喜劇です。

この二通りの解釈はどちらもあり得ますし、サン＝テグジュペリもあえてそのように暗示することで読者の想像をかきたてています。ただ私はどちらも最適な解釈ではないと思っています。王子さまがこの辛い選択に至った背景にある、真の理由が見落とされているからです。

簡潔に言うなら、王子さまはバラに対する責任を果たそうとしました。そしてなつけることによって生じた責任が、王子さまが大きな賭けに出た主な理由です。

「責任」は王子さまにとってなぜこうも大切なのでしょうか？まずは王子さま自身の言葉から探ってみましょう。ヘビにかまれる直前、王子さまは辛さと怖さと離れがたさをこらえながら、操縦士に最後の想いを伝えました。

「わかるよね……僕の花に……僕は責任があるんだ！あの子は、本当にか弱くて、すっごく無邪気で……あんな四つのトゲだけじゃ、自分を守れない……」

王子さまはここではっきりと、バラのもとに帰り世話をする責任があるからだと述べています。もちろん王子さまには、毒を受けた後に命が尽きるのか、魂が星に飛んでいくのか確信はなかったでしょう。しかし、これが地球を離れる唯一の手段であり、「遠すぎて、重すぎて、からだはもっていけない」ため、微かな望みだとは知りながら、決死の試みを選んだのです。

バラへの責任は、王子さまの生きる力の源です。このことから、自殺説は成立しないことがわかります。自殺は責任からの逃避《とうひ》であって、責任を果たすことに逆行するからです。結果はどうあれ、動機の上では、王子さまはヘビが星に送り届けてくれることを心から望んでました。

その責任意識はどこからくるのでしょう？ キツネです。キツネは、なつけあう関係がいのちに意味を与え、また、そこには責任が伴うということを最後に王子さまに教えました。

「でも忘れないで。君は、自分のなつけたものすべてに責任を持たなきゃいけない。君は、君のバラに責任を果たす……」

「ぼくのバラへの責任……」

心に刻み込むように、王子さまはもう一度そのことばを繰り返しました。

キツネが王子さまと別れる際に伝えた最後の教えから、「なつけた相手に対して責任を果たす」という道徳観念をキツネは最も大切にしていることがわかります。これはするもしないも個人の自由という類《たぐい》のものではなく、道徳的な強制力を持っています。誰かをなつけたら、面倒を見る責任が無条件に生じるのです。

この悟りを得た瞬間から責任の意識は王子さまのいのちに根を下ろし、最後の決断にまで影響を与えることになります。ストーリーの前後関係からもそれははっきりしていて、キツネが王子さまにバラへの責任を教え、王子さまは操縦士に、実際に行動して責任を果たすことの大切さを伝えています。

この前後の流れの間に、王子さまの中で一体どのような道徳的成長があったのでしょうか？　これはとても大切な問題です。王子さまは受動的にキツネの教えに従ったのではなく、自ら熟考した上で理性的に決断したのです。残念ながらサン＝テグジュペリはこの点について多くを語っていないので、共感力と想像力を働かせて王子さまの気持ちを考えてみましょう。

まず、責任というのは道徳観念です。王子さまが自分の責任を十分に意識したならば、彼は一人の道徳的主体としてすでに成熟したと言えます。自ら道徳的判断を下し行動に移すことができ、それによってもたらされる結果に責任を持つ。その意味で彼は自分自身にも他人に対しても責任を持てる人間です。

ほとんどの人は、王子さまほどドラマチックではないにせよ、似たような道徳的成長を経験したことがあるでしょう。現代哲学者ジョン・ロールズ（John Rawls）の言葉を借りれば、人の道徳性には主に三つの発達段階があります。権威の道徳・社会集団の道徳・原則の道徳です。幼少期、子どもは親への愛と信頼から、彼らの道徳ルールに従います。やがて歳を重ね様々なコミュニティに入って、色々な顔を持つようになると、それぞれの立場から定められた多様なルールに従うようになります。家庭や学校、教会などがその例です。最後に、道徳観念が成熟すると、自ら道徳的判断を行い、その道徳原則に従って行動するようになります。その結果、自己の責任を全うできない時には、その道徳観念が自らに襲いかかる刃へと姿を変え、強い負い目を感じるのです。

こうした背景を理解した上で、もう一度王子さまの気持ちを考えてみましょう。キツネと別れた後、王子さまは夜毎《よごと》星を眺めてはキツネの最後の言葉を思い出し、自問自答を繰り返していたことでしょう。

「ぼくのバラは今頃どうしているだろう？　あの時彼女のもとを離れてしまったのは、大きな間違いだったんじゃないか？　彼女をなつけておいて、面倒を見る責任を放棄するなんて！」

王子さまは自分が間違いを、しかもとんでもなく大きな間違いを犯してしまったことを認めざるを得ませんでした。彼はバラを深く傷つけてしまったことにようやく気づいたのです。夜空を見上げ、バラが遠い故郷で孤独に暮らしていることを思い、彼は深い自責の念に囚《とら》われていたことでしょう。

キツネの導きによって、王子さまは向き合い難い困難に陥ります。

「ぼくは偉大な王子でもなければ、道徳的にもダメな人間だ」

このとき王子さまは、人生で三度目の危機を迎えます。一度目は初恋の危機で、B612を去ることで切り抜けました。二度目は五千本のバラに出会ってアイデンティティの危機に陥りますが、キツネの「なつける」という考え方に救われました。そして、ここで直面しているのは、王子さま自身が作り出した道徳的危機です。

この危機を乗り越えるための唯一の方法は、行動で示すことです。バラのもとへ帰り、心から許しを求め、過去の過ちの償いをする。でないと王子さまは後ろめたさと羞恥心から一生逃れることはできず、それは彼にとってこれ以上ない苦しみになります。

いや、もっと楽な道があるのでは？と思う方もいるかもしれません。そんなにも重く苦しいのならば、いっそ責任を放棄してバラのことも忘れてしまえば、道徳心に縛られず、日々良心の呵責《かしゃく》に苛《さいな》まれることもないでしょう。

この案は一見とても魅力的です。だってそうでしょう。厳密に言えば、王子さまの責任は自らが望んで引き受けたものです。キツネに無理強いされたわけでもなければ、何か圧倒的な権力が王子さまを監視しているわけでもなく、「世間」からの道徳的追究なんてもっての他です。そもそもが「道徳的責任」に過ぎないのですから、それを破ったからといって法的な処罰もありません。

一方がもたらすのは責任意識から来る後ろめたさと羞恥心、そしてなつけ合うことの苦しみ。もう一方は気楽で負担とは無縁の生活。王子さまはなぜ後者を選ばないのでしょう？

これは人類の歴史において数多の哲学者たちを悩ませてきた「なぜ道徳的であるべきか（Why should I be moral?）」という問いに通じます。問いの核心はこうです。

「道徳的にふるまうことがメリットをもたらさず、時に自己犠牲を求められることさえあるならば、我々が道徳的であり続けようとする理由は何なのか」

王子さまに当てはめて考えると、彼にも自分自身を納得させる理由が必要だったはずです。「責任の強制力はどこから来るのか？」「責任を果たすために大きな対価を払う価値は果たしてあるのか？」

これは本当に難しい問題です。キツネと別れ、道を示してくれるメンターがいなくなってしまったため、何を気にかけ何を貫き通すのか、王子さまは自力で答えを見つけなければなりませんでした。

この問いに答える前に、一歩退いて考えてみましょう。物語の中で、王子さまはなぜこうした悩みに煩わされず、また「責任を投げ出す」という考えに至らなかったのでしょうか?

鍵となるのは、王子さまがどんな人間かということです。前述の通り、彼は成熟した道徳的主体であり、それは道徳心に満ちた日常が彼の人格を形作っていることを意味します。彼の言葉や自己への理解、感情や行動、人との接し方や生活習慣に至るまで、すべてが彼の信じる価値観に深く影響されています。道徳的文化に育《はぐく》まれたその価値観は、雨が万物《ばんぶつ》を潤《うるお》すように、じんわりといのちに浸《し》み込んでいきます。

少しだけ注意深く見てみれば、「なつけること」「友愛」「思いやり」「誠実さ」「信頼」「忠誠」「尊重」「善良」といった徳性が余すことなく王子さまの人格や行動に反映されていることに気付くでしょう。王子さまにとって道徳とは、外からの圧力でもなければ凝り固まった決まりでもなく、いのちの基本色なのです。もしこの道徳性が取り去られてしまったら、王子さまは王子さまでなくなってしまいます。

「責任を負うことにどんなメリットがあるの」と尋ねたりしないのも、功利主義的な考えで生きようとしたり、道徳から外れた利己的な理由で自分の行動を決めたことがないからです。もしこんな質問を王子さまにしたなら、彼は不思議に思うだけでなく、冒涜《ぼうとく》されたとさえ感じるでしょう。この問いの存在自体が王子さまの道徳的人格の否定に等しいのです。

王子さまが気にかけているのは、「責任を負うかどうか」ではなく、「どうすれば自分の責任をより良い形で果たし、誠実な生き方をし、自分が大事に思う人と関係を築くことができるのか」という点なのです。

この問いをより明確にするために、王子さまが「もしある行動がなんのメリットももたらさないのであれば、いつでもその責任を放棄すればいい」と考えた場合を想定してみましょう。こうなるともはや道徳の主体ではなく、王子さまとは全くの別人になってしまうことがわかります。王子さまのアイデンティティを形作っていた道徳的関係が放り出されてしまっているからです。

「責任」は道徳の外側ではなくその内側に存在します。故に、一人の人間がある関係に誠心誠意向き合っている時、その関係に対して強い責任感を抱くようになり、それに応じて一種の「制約」が生じます。

言い方を変えれば、責任をいつでも放棄できるのは、相手との関係に誠心誠意向き合っていないからです。それは、「私は敬虔《けいけん》な信者ですが、いつでもこの信仰を捨てることができます」と言っているのと同じぐらい支離滅裂《しりめつれつ》です。

もう少し例を挙げてみましょう。友人関係に真剣に向き合うと、友情がもたらす喜びを感じるだけでなく、その友人に対してやはり一種の「責任」意識が生まれます。その友人が困っていれば助け、他の誰かと対立していればその立場を優先的に考え、悩み事を相談されればその秘密を守らなければなりません。このような責任を負いたくない場合はどうしたら良いでしょうか。それでも構いません。ただ、その相手を友人だと胸を張って言うことは二度とできなくなります。

教師と学生の関係はどうでしょう。良い教師でいるためには、授業に力を尽くし、学生の成長を見守る責任があり、必要に応じた学生に対する理解とサポートも求められます。このように、道徳的責任感は、教師と学生の関係にも当てはまります。

以上から、「なつける」ことと「責任」は、二つの本質的に重ならないものではないことがわかります。実際はむしろその逆で、「責任」は「なつける」という行為に付随して生じており、かつそこに内在します。心から相手を愛し、その相手と繋がりを作れば、自然に相応の責任が生じ、それゆえに「責任」という一種の制約を受け入れたいと思うようになるものです。

こうした「責任」の一つ一つが私たちのアイデンティティを形作り、日々の生活に意味を与え、私たちの行動を決めています。

もちろん、悩み抜いた結果、自分が肯定できないと思うような関係に対しては、意見したり、批判したり、時にはその関係に終止符を打つのも一つの選択肢です。自由で主体的な個人として、選択の余地なく特定の役割や関係に縛られる必要はありませんし、ましてや永遠に変えられないものなんてありませんから。ただし、そんな状況にあっても、私たちは道徳に則《のっと》ってある特定の責任を拒否するのであって、道徳そのものを放棄するのではありません。

王子さまが「責任」を放棄すれば、それは「なつける」ことの放棄を意味します。また「なつける」ことを放棄すれば、あんなにも大事にしていた自分ではなくなり、王子さまのいのちそのものも意味を失ってしまいます。ですから、王子さまにとって「責任を放棄する」という選択肢はそもそも存在しないのです。

もう一つ知っておかなければならないこととして、王子さまが星に戻ることを選択したのには、バラへの愛もありますが、同時に「責任」を果たすことで自らの尊厳を取り戻すという意味合いもあります。バラのことも自分のことも等しく尊重するその姿は愛《いと》おしくもあり、敬服に値します。

毒へビにかまれれば体が消えてなくなってしまうことを王子さまは知っていました。では死んだあとに魂が残るかどうかはどうでしょうか？それについては知りませんでした。魂が残ったとして、Ｂ６１２に帰れるのでしょうか？か弱いバラはそこにまだいるでしょうか？これらは全て王子さまの知るところではありません。

先の見えない未来に向かい、命の危険も、すべてを失うことも顧《かえり》みず、バラのために勇気ある一歩を踏み出したのです。

なんと悲壮な決意、なんと高貴な魂！

第9章
バラの人生は
バラのもの

生まれながらに
他者に従属していたり、
他者の希望を満たすためだけに生きることが
心から望んだ人生である訳がない。
バラが幸せだったかどうかは、
彼女を起点にして考えて初めてわかる。

バラの人生はバラのもの

王子さまが去ってから、バラはどうなったのでしょうか。

読者なら誰もが抱く疑問だと思います。

サン＝テグジュペリは答えを示していませんが、原作の描写から判断するに、状況はどうやらあまり良くなさそうです。面倒を見ていた王子さまがいなくなり、バラは失意の中で枯れ、死んでしまった可能性が高いでしょう。

まず頭に浮かぶのはバオバブの木（原作第5章）の存在でしょう。この木はあっという間に大木になってしまうので、小さいうちに根っこから引き抜いておかないと、すぐに「星中を埋め尽くして、根っこで星に穴をあけてしまう。もし小さな星でそんなことが起これば星を爆発させてしまう」のです。王子さまが去って毎日手入れする人がいなくなれば、Ｂ６１２はこの難を逃れられないでしょう。

王子さまもこのことはよくわかっていたので、砂漠で操縦士に出会って真っ先に、羊の絵を描いてくれるようにお願いしたのでした。羊はバオバブの木の苗を食べるので、結果的にバラを守ることができると考えたのです。ただタイミングが遅すぎました。この時、王子さまが星を離れてからすでに丸一年が経っていました。

さらに困ったことに、サン＝テグジュペリの描くバラは女々しく、か弱く、依存するタイプです（ここではバラを女性を象徴する存在と仮定します）。生まれてからずっと、王子さまが何から何まで面倒を見てくれることは、バラにとってもう当たり前になっており、水をやって、虫をとって、ついたてで風除けをして、夜には覆《おお》いをかぶせて寒くないようにしてもらっていました。こんなバラですから、王子さまがいなくなれば茫然《ぼうぜん》と強い孤独感に襲われ、突然、先が見えなくなってしまうことは容易に想像できます。

王子さまの心配も同じくこの点にありました。星を離れてから自らの決断がバラを深く傷つけたことに気付き、罪悪感を抱き、最後には何が何でもバラのもとへ帰り面倒を見る責任を果たそうと決意したのでした。毒ヘビにかまれるという選択もこれに因《よ》るところが大きいのです。

これがバラの運命なのでしょうか?王子さまも、バラのことを心配する私たち読者も、なぜそう決めつけてしまうのでしょうか?

理由は簡単です。バラは弱者だから――正確に言えば、私たちがバラを弱者だと思い込んでいるからです。繊細な読者は気づかれたことでしょう、作中の王子さまとバラにはかなりあからさまな性のステレオタイプが反映されています。意志が強く、主体的で、自立し、面倒見が良く、常に成長したいと願っている王子さま。一方のバラはか弱く、受動的で、依存体質で、見栄っ張りで、外見を気にする誰かに守ってもらいたいタイプ。

問題は、このような鋳型《いがた》を誰がもたらしたのかです。作者サン＝テグジュペリの設定、と言えばそれはそうなのですが、実は私たち読者が決めているという側面もあります。

つまり、私たちの見方によってバラの運命が決まった、とも言えるのです。

自分が育ってきた文化の中で、私たちは知らぬ間に男は、女はこうあるべきという役割のステレオタイプを受け入れ、その枠組みの中で自分と他者を捉えています。そして共犯的に社会的性差の意識を強化し、特定の個人に当てはめているのです。

性のステレオタイプは個人の主観的な好みによるものではなく、社会制度や学校教育、大衆メディアなど様々な要素が複雑に絡み合って形成された一種のイメージです。そしてそのイメージが少しずつ形になって「集団的合意」のようなものを成していきます。この合意の制約は往々にして直接的、強制的にではなく、私たちが容易に気づかない様々な方法でいつの間にか生活に溶けこんでいます。故に、私たちは違和感を感じることも、抵抗することも、さらには思考する余地さえ持たずに偏った性別観を受け入れ、迎合してしまうのです。

「男はこうあるべき」、「女だから当たり前」といった表現は巷《ちまた》に溢れています。「男は大きな理想を持つべきで、王子さまが出ていくのは至極真っ当だ」とか、「女は家で夫をサポートして子供の面倒を見るべきで、外で男と張り合おうなどと分不相応なことは考えてはいけない」というふうに。

この手の言説《げんせつ》のズルいところは、どう考えても特定の社会が定めた特定の性別イメージに過ぎないものを、あたかもそれが人間の普遍的な本質であるかのように述べることで説明不要の権威を持たせる点にあります。従わない者は異端視されて四方八方から圧力を受けることになるのですが、その圧力は家族や友人、会社やメディアから来るものであったり、あるいは私たちの周りを満たす「世間」という空気だったりします。

バラが「女はこうあるべき」というステレオタイプを受け入れ、自分は一生弱者として生きるものと決め込んでしまうならば、王子さまが去った後の彼女に残された道は一つしかありません。日がな涙で枕を濡《ぬ》らすか、毎日夕暮れを眺めながら、希望なくただひたすら王子さまを待ち続け、「女の私はこうするしかないのよ」と自分を納得させるしかなくなるのです。

果たして、本当にそうでしょうか。実は、バラにとってはもう一つの生き方が考えられます。

なぜなら王子さまとの別れは、バラが自立した生き方を学ぶまたとない機会でもあるからです。これは単なる私の憶測ではありません。原作の第9章を読むと、バラは王子さまが去ると知って悲しみと未練を抱きながらも、うろたえることも、王子さまに留まるよう懇願することもありませんでした。その時交わされた会話を見てみましょう。


「お幸せに。……覆いはそのままで大丈夫、もうきっと使うこともないから」

「でも風が……」

「大丈夫、状態はそんなに悪い訳じゃないから……夜のひんやりした空気はいいのよ、なんたってあたしは花なんだから」

「でも虫や獣は……」
「毛虫の一匹や二匹ぐらい我慢しなくちゃ。蝶々と仲良くなるんだから。すごく綺麗だそうよ。でないと、ここには誰も来なくなっちゃう。その時あなたはもうずっと遠くだしね。大きな獣がきたって少しも恐くないわ。あたしにも、鋭いツメがあるんだから」

以上は二人が交わした最後の会話ですが、そこにはバラの王子さまへの名残惜しさと深い愛が隠れています。彼女のことばは自らの自尊心を守るためでもあり、王子さまに心置きなく旅立ってほしいという気持ちの現れでもあります。しかし一方で、バラは王子さまが思っているよりずっと強い女性だった」と言う読み方もできるのではないでしょうか?。普段の彼女はそんな一面を表に出していませんでしたが、別れに際し、自分の面倒は自分で見られるのだと王子さまに知ってほしかったのです。

バラは、風も虫も、獣さえも恐くないと言います。もちろんどれも彼女にとって大きな挑戦なのですが、たとえ王子さまがいなくても、少しずつ、自分でなんとかしていけるようになるという自信がありました。

そう、バラはとても立派なのです。それまでのバラの印象と言えば、風にも耐えられないぐらいか弱く、私たち読者から見ても、王子さまなしにはとても生きていけそうにありませんでした。ところが王子さまと私たちの予想に反して、バラは人生最大の危機を、王子さまに何かを残してくれるように求めることもなく、自分を守っていた覆いすらもういらないと言うのです。

バラはここで、それまでにはなかった自立心を見せ、王子さまに伝えるのと同時に、自分自身にも誓いを立てています。これからは誰にも頼らずに自分の人生を生きるのだ、と。

またバラが王子さまが人生のすべてではないと気づき始めたことは、このやりとりにおいて最も注目すべき点でしょう。例えば世間で美しいと噂の蝶々と友達になることはその一つで、美しいものを愛するバラにとってとても価値のあることです。このことは彼女が王子さま以外の対象にも心を向けられることを示しています。

ここでバラから発せられたことばが故意に王子さまを怒らせたり自分の尊厳を守るためのものではないとすれば、そこには三つの意味合いがあります。

一つ目に、バラにとって王子さまは唯一の人生の指針ではなくなりました。王子さまが何を好きかで自分を決めるのではなく、「私は何が好きなんだろう?」と考えるようになったのです。

二つ目に、王子さまから自立したいと考えるようになり、勇気をもって自分の欲求を肯定し、それを守るための理由を言語化できるようになりました。

三つ目に、誰かに愛されるのをただ待つのではなく、自分の好きなものを追求し、その代償を受け入れる覚悟を持つようになりました。

この解釈が正しければ、バラは王子さまと別れた瞬間に、主体性を手に入れたことになります。主体的な人は、肉体的にも精神的にも他人に依存したり従属することなく自分の人生を思い描きます。困難に直面すれば自ら決断を下し、その責任を引き受ける能力と自信を持っています。

主体的な人は例外なく、自らの人生の作者なのです。

一方の王子さまはこの点において、別れの時もその後も、バラのことを十分に理解できていないようです。それは王子さまがバラを愛していないからではなく、依然として従来の性差のフレームを通してバラを見ているからです。ひょっとしたら「バラは女の子だから誰かに面倒を見てもらう必要がある。同じ場所で待っていたとしても、主体的に生活を送ることはありえないだろう」などと思っていたのかもしれません。

王子さまのように聡明な人であっても、何かしらの制約は受けているものです。

この解釈を聞いて、「あなたの曲解《きょくかい》のせいで王子さまとバラの素敵なラブストーリーがめちゃくちゃだ！」と立腹される方がいるかもしれません。そのように考える人にとっては、バラは王子さまの帰りをひたすら待ち続けるだけの存在で、例え彼が帰ってこないとしても死ぬまでただ待ち続けるべきなのでしょう。でなければ「偉大なる貞操《ていそう》と愛情の物語」は成立しないからです。

ここで私たちが考えるべきは、「愛は誰のものか?」という問題です。

バラの人生はバラのものです。一日一日を自分らしく生き、正の感情も負の感情も、移りゆく全ての感情を味わっていくのは彼女自身なのです。愛の名の下に、彼女が幸せを追求する権利を奪い取る権利は誰にもありません。主体的で自立した個人が、生まれながらにして他者に従属する存在であったり、他者の希望を満たすためだけに生きることが、心から望んだ人生である訳がありません。

バラが幸せだったかどうかは、彼女を起点に考えて初めて分かります。

王子さまが夢を持てるなら、バラも同じように夢を持てます。王子さまが世界を旅して新しい友達を作れるなら、バラも心の向くままに新しい友達を探すことができます。もし王子さまは男でバラは女だからという違いだけで、受ける扱いも浴びる視線も異なって当然だと言う人がいれば、それはあまりに男性中心的な考えではないでしょうか。

それにしても、少しドラマチック過ぎやしないか、と感じる読者もいるかもしれませんね。では、バラの変化がどこでどのように起きたのか、見ていくことにしましょう。

表面的には、バラは王子さまが離れていったことでやむをえず適応したようにも見えます。王子さまが出ていかなければ、バラは今までと変わらず自分の生活に疑問を持つこともなかったかもしれません。

このように考えるのも無理はないと思います。しかし、王子さまとの別れはバラの変化の一要因《よういん》でしかありません。理由は明白で、本人の気づきなしには、王子さまがいなくなった後、やはり性のステレオタイプの支配からは抜け出せないからです。では、気づきはどこで生まれたのか。これはとても重要なことですが、残念ながらサン＝テグジュペリはこの点に言及していません。

考えてみましょう。至極当たり前のことですが、男性が人なら、女性もまた人で、両者は常に公平に扱われるべきです。しかし現実は、今日に至ってもほとんどの社会において、女性は様々な差別と圧力にさらされています。その主な原因の一つに、社会が殊更《ことさら》に強調する女性の不条理な役割があります。バラたちはこの状況についてよくよく見つめ直さなければ、自身を根深い束縛から解き放ち、「女性の主体性」という観点を手に入れることは難しいでしょう。

現実世界でこの状況を捉え直してみても、バラの変化は決して偶然の産物などではなく、自らと社会に対する十分な検討・反省の末に必然的に起こる、重要な道徳的気づきです。彼女はある道徳的価値観に基づき現状の生活に対して深い自省《じせい》を行い、そうした基礎の上でようやく新たな世界に踏み出すことができるのです。

そして、その中でも最も重要なのが、バラが両性間の平等と個人の主体性の大切さに気づいたことだと私は思います。この気づきこそが、父権社会的な価値観から抜け出し男女平等と女性解放に踏み出す、大切な一歩なのです。

王子さまが去ってから、バラはどうなったのか——これが最初の問いでしたね。

バラは想像していたよりずっとうまくやっていけそうだと、安心できたのではないでしょうか？ 彼女は自立し、自信に満ち、雨風にも負けず、新しい友達を作り、新たな関係を築いていくことができるのです。

ではバオバブの木はどうしましょう？ 聡明なバラのことですから、きっと何か対策を考えて、彼女の星を守っていることでしょう。それでも、もし最後はどうしようもなくなったとしても、悲観し過ぎることはありません。この世界にはこの世界の自然の理があり、花は咲き誇り、そして枯れていくものです。そこで大事なことは、バラが全力で唯一無二の人生を過ごせたか、この一点に尽きます。

バラが王子さまに、ましてや自分自身に恥じる必要はどこにもありません。だって彼女は、キツネのような存在に出会うこともなく、「なつける」という概念を知ることもありませんでしたが、それでも自らのいのちをもって自分自身を「なつけて」みせたのですから。

第10章
どうして友だちはお金で買えないの

人を物のように扱うことに慣れてしまうと、
何でもお金で評価することをためらわなくなり、
友情の扉は少しずつ閉ざされていく。
付き合える人がいないのではない、
私たち自身が心から友情を閉め出しているのだ。

どうして友だちはお金で買えないの

原作21章で、キツネは王子さまにこんなことを言っています。

「人は、忙しくてなんにも考える暇がないから、商売人のところで出来合いのものを買うんだ。でも、友だちを売るお店なんてどこにもないから、人間には友だちがいなくなってしまった。友だちが欲しければ、私をなつけてよ！」

我々は高度に商品化された社会に生きており、あらゆるものが市場を通じて換金され、私たちはそのお金で商品を購入します。しかし、「友情」はその特性上、商品として販売しにくいため、お金で友情を手に入れた人々の手に最後は何も残らない、とサン＝テグジュペリは説きます。

ではどうすればよいのでしょうか。作者はキツネを通して「本物の友情が欲しいなら、商品の論理を捨て、時間をかけて相手を理解し、全力でなつける必要がある」と言っています。

ここで、当たり前のようで簡単には答えられない問いが生まれます。

「どうして友だちはお金で買えないの?」

王子さまの星には他に誰もおらず、そもそもお金で取引する必要がないため、この問いには興味がないかもしれませんね。しかし地球で暮らしていればそうは言っていられません。私たちは商品社会に生きており、ほとんどのものに市場価格が存在するため、それらを所有するにはお金が欠かせません。

ここで言う「商品」とは何でしょうか?

商品とは、市場で売られるモノやサービスのことで、以下のような特徴を持っています。

一つ目に、何らかの価値があるもので、その価格は市場の需給によって変動し、商品そのものの内在的価値とは関係がないこと。二つ目に、いつでも譲渡《じょうと》可能で、より高い値をつけた方に流れる。つまり、所有権はより多くのお金を持つ者に帰《き》する。三つ目に、商品は道具的であり、消費者の需要と欲望を満たすために存在する。言い換えれば、所有者が必要を感じなくなったり、より良い代替品が出現することによって手放される可能性を常に孕《はら》んでいる。四つ目に、冷たく血が通っておらず、その帰属は純粋に価格によってのみ決まり、人の気持ちとは全く関係がない。

市場で商品を追いかける人の主な動機は「自己の利益を最大化する」ことなので、他者との関係も「利があれば行動を共にし、なければ袂《たもと》を分かつ」という風に道具的で策略的なものになります。このような商品的関係においては、個人は容易に「計算屋」になり、ものごとの価値をお金ではかったり、或いはお金そのものを行動基準にするようになるものです。

では「友情」とはどんなものを指すでしょうか？

友情とは、お互いが自発的に構築しようとした結果できた親しい関係です。友だちの関係になると、互いに気遣い、支え合い、必要とあらば自分の利益を犠牲にしてでも相手を助けようとします。

さらに関係が深まって親友と呼べる間柄になると、人生のどん底で倒れそうになっても、変わらず側を離れずに相手に寄り添います。そんな二人は深い信頼で結ばれ、互いの秘密を打ち明け、裏切りを心配することもありません。危機にあっては、最も重要なことで相手を頼り、きっと力を尽くしてやり遂げてくれると信じて疑いません。

友情において、私たちは相手にすべてを包み隠さずさらけ出す一方で、相手を独占しようとはせず、互いの独立した人格を尊重し合うものです。また嬉々《きき》として時間を投じて関係を築き、人生の酸いも甘いも一緒に味わいます。そうして一緒に歩んだ軌跡《きせき》が、一つ一つの友情を唯一無二のかけがえのない存在に変えるのです。

ここまでの分析で、キツネのことばの意味が見えてきたのではないでしょうか。「友だちを売るお店なんて、どこにもない」、なぜなら、友情は商品であり得ないからです。考えてもみてください。もし誰かが「わたしを買ってよ。値段次第では友達になってあげる。あなたの必要な『友情』をあげるよ」なんて言ってきたら、馬鹿げたことだと思うでしょう。それだけでは済まず、怒りに震えるかもしれませんね。

問題は相手がその値段に見合うかでも、私たちがその金額を払う金銭的余裕があるかでもありません。そもそも、友だちの価値はお金で測れるものではなく、お金によって得た友情が本物の友情ではあり得ないことを私たちははっきりと知っています。だからもしあなたの友人から、「長年の付き合いはすべて金目当てで、心が通じ合っていたわけではない」なんて言われたら、ひどい侮辱だと感じ、すぐにでも絶交するのではないでしょうか。

さて、キツネの洞察の深さが見えてきましたね。社会におけるすべての活動が自由に商品化できる訳ではないのです。もし無理にそれを行えば、活動本来の意味が失わ

れてしまうばかりか、その行為を通じて価値を創造する機会も失ってしまいます。「友情」が商品になった時、それは人類が友だちを永遠に失う時なのです。

何を大袈裟な、と思われるでしょうか？

それがそうでもありません。友情が誰にとっても非常に大切だという点については誰も異論はないと思います。そして友だちのいない生活が、退屈で、孤独で、味気ないものだと痛いほど分かっている私たちですが、皮肉にも高度に商品化された社会では、真の友情に出会うことはとても難しいことなのです。まず、かなり多くの人が本当にお金で友だちを買えると思っているという現実があります。ですがそれは水面《みなも》の月を掬《すく》おうとするようなもので、徒労《とろう》に終わるでしょう。また、例えその違いに気付いたとしても、計算してばかりの功利的な考えや熾烈《しれつ》な競争に溢れた商業的環境に長い時間身を置いていると、友情を育てるモチベーションや活力は徐々に失われていきます。

友情を築くには、時間も必要ですが、心も尽くさなければなりません。

人を物のように扱うことに慣れてしまうと、何でもお金で評価することをためらわなくなり、友情の扉は少しづつ閉ざされていきます。付き合う相手がいないのではなく、私たち自身が友情を心から閉め出しているのです。

同じ論理で、結婚が商品になれば、愛も変質します。愛される対象は人ではなくお金だからです。教育が商品になれば、「真理と優れた人格を追求する」という目標は経済的投資に姿を変え、コストと見返り以外のものに注目しなくなります。土地が商品になれば、物件の価格しか目に入らなくなり、土地と人の繋がりが見えなくなります。医療が商品になれば、医者の使命は容易に、如何に命を「救う」かではなく、如何にお金を「掬《すく》う」かに変わってしまうでしょう。

今日《こんにち》の社会に生きていると、ますます多くの分野で「商品の論理」が勢力を拡大していることが容易に感じられます。そうして各分野が本来持っていた意義が変わった結果、私たちの感じ方や価値観、倫理観さえも変わってしまいます。

もし、それに対して私たちがなす術《すべ》がなく、生活は商品の論理で埋め尽くされ、異なる分野がそれぞれ相対的に独立した固有の意味を保てなくなったなら、例えそこに生きる個人がある活動に対して価値を感じていたとしても、その選択は大きく制限されたものにならざるを得ません。なぜなら、その活動に意義を与える社会の基礎が空っぽになってしまっているからです。

例えば、あなたが全力で愛したとしても、社会が愛の大切さを認めず商品としか考えないならば、あなたの愛は行き場を失ってしまいます。その時、多元的《たげんてき》に見えた商品化社会が、実は異常なほど単一的な「金銭覇権《きんせんはけん》」の道理で動いていることに気づくでしょう。

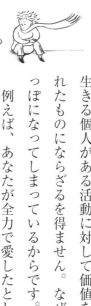

この「覇権」状態が意味するのは、個人間に見られる単純なお金の有り無しの区別ではありません。たとえお金があっても、かつて存在した「商品化」以前の生活方式や、それに伴って生じた価値や感情を取り戻せなくなるということが問題なのです。

これを受け入れることを拒否すれば、自分一人だけよそ者であるかのような孤独を味わうことになるでしょう。

孤独とは、あなたの求める価値や送りたい生活が市場において「価値ある」ものになれないために生活の中で徐々にすり減っていき、心の拠り所をなくしてしまった状態です。

ここからわかるように、お金で何が買えるか、そして何が買えないのかは、個人の選択の問題であるだけでなく、むしろ社会制度の構造的な問題なのです。

「商品化」は分野ごとの個別現象ではなく、資本主義の高度な発展に伴う必然的な結果です。絶え間ない資本の蓄積と利潤の最大化のロジックはその一番の原動力であり、この力は一歩ずつ着実に私たちの社会関係を変容《へんよう》させ、私たちの世界と自己を見る目に影響し、最後には私たちの生活を変えてしまいます。

最も分かりやすい例は、身体との向き合い方です。

私たちはこの商品化社会において、労働力を販売可能なものとして扱うことに早々に慣れてしまっただけでなく、性愛を売買の対象とすることを受け入れ、さらには臓

器の譲渡や代理出産までもが巨大な市場ニーズを持つ商売と化してしまいました。このようにして身体の商品化が急激に進む中で私たちが失うもの、そしてそのために払う代償の大きさについては、真剣に向き合うべきでしょう。

商品化のロジックから抜け出す方法はないのでしょうか？それがあったとして、商品化がもたらす自由や効率など、諸々の利益を私たちは手放すことができるでしょうか？

一個人として、堅牢《けんろう》な金銭の論理が私たちの生活のあらゆる場面に迫る「植民化」に対し、堂々と胸を張って異を唱え、人としての尊厳を守り抜く勇気はあるでしょうか？

これらの問題は王子さまを悩ませることはないかもしれませんが、現代の地球に住む私たちには避けて通れない問いです。

解決の糸口を探るうえで、特に大切なことが二つあります。

一つは、問題の根本的な所在を意識すること。こうも易々と、お金で全てが買えるという考えを受け入れてしまうのは、私たち自身の道徳的リソースが足りておらず、「市場化」と「商品化」が人類の幸福に与える影響について深い理解と厳しい批判ができていないからです。ゆえに団結して抵抗することは叶わず、様々な領域で市場の論理が幅を利かせるようになった後で「あの時気づいてさえいれば」と嘆くしかなくなるのです。

ある社会が持つ道徳的自省心の広さと深さと、ある文化が幸せな生活と理想の政治に対して発揮する想像力は、その社会に生きる個人の思想と行動に直接的な影響力を持ちます。

二つ目に、目の前の現状を打破するには、制度面から変えなければなりません。なぜなら、商品化が様々な生活の場面を蝕《むしば》んでいくのは、制度そのものがそれを許容《きょよう》し、さらには奨励しているからです。性の売買、臓器の取引、国を越えた代理出産が程度は違えど許されるべきかどうかは、最終的に法律によって線引きされる必要があります。

言い換えれば、制度改革を図ることをせずに責任の所在を個人の選択に帰《き》してしまうと、何の改善にも繋がらないばかりか、焦点がぼやけ、問題がどこにあるのかさえ分からなくなってしまうのです。

最後に、あることばを紹介したいと思います。

「人間は人間として存在し、人と世界との関係が人間的な関係であるという前提に立てば、愛は愛としか交換できないし、信頼は信頼としか交換できない」

それでもお金との交換によって愛や信頼を得ようとするならば、私たちは最後には人間の形をした別の生き物になってしまうでしょう。

マルクスが1844年に著《しる》した『経済学・哲学草稿』（光文社古典新訳文庫）に見えることばです。

第11章
孤独な現代人

誠実に自分と向き合えば
或いは気づけるかもしれない。
王子さまから見れば、
私たちは多かれ少なかれ「変な大人」だ。
なぜなら大人はみんな、
大切ないのちを大切じゃないことに使っているから。

孤独な現代人

王子さまはB612を離れるとまず初めに、色々な星を訪ねて新しい友達を探そうとします。その途中で王様、うぬぼれ屋、呑んだくれ、商売人、点灯夫、地理学者と出会いますが、これらの人たちは現代社会の群像です。

物語では、残念ながら王子さまと彼らが友達になることはなく、すぐに別れてしまうのですが、どうしてでしょう？同じタイプの人間ではなかった、価値観が違っていたからです。王子さまの目に映る彼らはみんな「変な大人」でした。

サン＝テグジュペリがどうしてあんなにも多くのページを割いて王子さまを「変な大人」たちに出会わせ、最終的には分かり合えないまま別れさせてしまったのか、私にはずっと不思議でした。作品を読み込んでいくうちに少しずつ分かってきたのは、作者がこうした大人たちに深く同情していたことです。なぜなら彼らはとても孤独で、

それでいてその孤独とどう向き合ったら良いかわからずにいるからです。

この「孤独」は、物理的にもそうですが、むしろ心理的な意味合いの強いものです。孤独な人の世界の扉は閉ざされています。それでは外に出ていくことも、また誰かを迎え入れることもできません。そうして他者との交流はだんだんと失われていきます。王子さまが星巡りをした際にもいのちの通《かよ》った交流はなかったので、そこから友情が芽生えることもありませんでした。

「孤独」は彼らが生きる上でのモードであり、同時に現代人の置かれた境遇でもあるのです。

でも、孤独なのは友達ができなかった王子さまも同じでした。そんな王子さまは地球でヘビと出会って、堪《こら》え切れず尋ねます。

「人間はどこにいるの？」

しばらくして王子さまがまた口を開きます。

「砂漠だと、ちょっとひとりぼっちだし」

ヘビは言います。

「人の中でも、ひとりぼっちだ」


ヘビと別れてからも王子さまはなんとか友だちを探そうと頑張っていましたが、なかなか見つかりません。最後に、ある高い山のてっぺんに登り「ここからなら地球上のすべての人が見渡せるだろう」と考えますが、やはり一人も見当たらず、以下の深い寓意《ぐうい》の込められた独白に続きます。


「こんにちは」と叫んでみます。誰かがいるかもしれません。

「こんにちは……こんにちは……こんにちは……」やまびこが返します。

「きみは誰?」王子さまが尋ねます。

「きみは誰?……きみは誰?……きみは誰?……」やまびこが返します。

「友だちになってよ、ひとりぼっちなんだ」
「ひとりぼっち……ひとりぼっち……ひとりぼっち……」

以上からわかるように、バラと別れてからキツネと出会うまで、王子さまは例えようのない孤独な日々を過ごしていました。そんな王子さまにとって、キツネとの出会いは『星の王子さま』におけるターニングポイントに位置づけられます。キツネに「なつける」ことの道理を教わり、王子さまはやっと孤独から抜け出したのでした。

周知の通り、「なつける」は物語全体のキーワードで、その基本的な意味は「つながりを作る」、つまり、知らなかった者同士が繋がることを意味します。

そして、「なつける」という行為は「孤独」の対極にある概念でもあります。

現代人はなぜこんなにも孤独なのか。孤独から抜け出す方法はないのか。実はこうした問いはサン＝テグジュペリが最も関心を抱いていたところで、同時に『星の王子さま』に通底《つうてい》する主題でもあります。

『星の王子さま』は現実とかけ離れた童話だと思われがちですが、決してそうではありません。王子さまが旅の途中で出会う大人たちは現実世界の群像そのものです。作者は私たちに王子さまの目を通して、決して愉快ではない、しかし私たちが避けることのできない残酷な現実と向き合い、いのちにおいて最も大切なことを見つめられるようになってほしいと望んでいるのです。

問題の核心を理解するには、大人たちが孤独の泥沼にはまってしまう原因を突き止めなければなりません。サン＝テグジュペリは物語を通して大人たちを細やかに観察しています。


王子さまが最初に出会ったのは、「王様」でした。

この王様にとっての一番の望みで唯一の楽しみは、権力によって他人を支配し、言うことを聞かせることです。ただ滑稽《こっけい》なことに、この王様には家来も国民もいません。

ただの一人もです。

「ひとりぼっちの王様」は空っぽの概念です。王様は自分では無上の権力と威厳を備えていると思っていますが、実際のところは何にも持っていません。

「二人集まれば政治が始まり、政治あるところには権力が生まれる」とはよく言ったものですが、自分一人しかいない星にいわゆる「政治問題」は存在しないはずです。人はなぜこんなにも権力に惹《ひ》かれるのでしょうか？

作者の考えはこうです。「権力を欲し、他者を支配することに憧れ、また支配によって自己を肯定することは、人の心の奥底にある根元的な欲望である。それが行き着くところまで行くと、自らを王様だと想像し、支持者がいなくても全てを従えることができると思い込んでしまう」

こういう人はいわゆる「問題のある人」でしょうか？でも私たちの周りにも、権力を生きる目標とする人はたくさんいますよね？

私に言わせれば、他の側面はさておき、こういう人は例外なく孤独です。彼らの感覚では、人にはそれぞれ決められた等級があり、自分は必ずそのトップにいなければなりません。そして、その目に映る他者は欲望を満たしてくれる道具でしかありません。上から目線でしか人を見ることができないため、相手の願望に気づくこともなければ、他人の良いところを認めることもありません。更に問題なのは、こうした人間の胸の内は常に権力を失うことへの恐れで埋め尽くされていて、その地位が脅かされそうになった途端に絶え間ない猜疑心と敵意が生まれることです。

こんな人と友だちになりたいと思う人がいるでしょうか。こういう人は、たとえ無上の権力を得たとしても、人を愛することなんてできるはずがありません。

王様の星を離れ、二つ目の星で出会ったのは、「うぬぼれ屋」でした。うぬぼれ屋にとって他人はみんな自分のファンで、誰もが彼を称《たた》え褒めちぎるべきだと考えています。他者から「世界で一番格好良くて、おしゃれで、金持ちで、賢い」と認められることでプライドを保っているのです。でも、実際にこの星にいるのは彼

一人だけで、しかも訪問客は王子さまが初めてだと言います。うぬぼれ屋もまた王様と同じく、自分ひとりだけで完結する虚構の世界を生きていました。

虚栄心は誰にだってあります、むしろない方がおかしいぐらいでしょう。人は誰しも他者に称賛されたいと思うものですから、程度差はあれ全ての人間に当てはまることだと思います。ただ、それが人生の全てになってしまうと、その人は空っぽだ、ということになります。そんな状態ではいつまでたっても自己肯定できず、他者の表面的な賞賛に一喜一憂し続けるしかないからです。

しかし、王子さまが言うように、そんな一方通行の意味のない「つまらない遊び」を誰が喜んで続けたいと思うでしょうか？ 真の友情において私たちが望むのは、互いに真剣に向き合い、励まし合いながら向上していくことであり、ひたすら自分を慰《なぐさ》め続けるだけの一人遊びではありません。

最後にもう一人、四つ目の星にいた商売人について考えてみましょう。

商売人とは、計算が得意で、「所有」に夢中になっている人です。この商売人はとても忙しく、毎日飽きもせず自分の財産を数えてばかりいます。彼にとっては数字がすべてで、「所有＝価値」です。ですから、所有の対象が自分にとってどんな意味を持つのかや、自分と対象との関係性はどうでも良いことなのです。

そんな彼が唯一気にかけているのが、銀行口座の額面です。

王子さまは商売人の「所有観」のおかしさを指摘し、別の「所有観」で世の中を見る可能性を示しています。

「ぼくは、スカーフを持っていたら首に巻いてでかける。花が一輪あったらどこに行くにも肌身離さず連れていく。でも、星は持っていけないよね！（中略）ぼくには一輪の花がいて、毎日水をあげるんだ。火山は三つあるけど、毎週ススをはらうよ。火が消えてしまってる死火山だって同じさ」

王子さまと商売人の違いはどこにあるでしょう。

王子さまははっきりと私たちに伝えています。「自分のものにするのなら、対象が報われる形で向き合わなきゃ。愛《め》でて、良さを活かして、自分の生活を彩らせるようにしなきゃ。でなければ、5億個を超える星を所有したとしても、数だけ多くても何の意味もないんだよ」

また、所有する者には対象の面倒を見る責任があります。スカーフが体を暖めてくれるなら、その分大切に扱ってあげなければなりませんし、花が生活を豊かにしてくれているなら、しっかりお世話してあげるべきです。

こうした所有はある種の対等で、互恵《ごけい》的で、尊重し合い、心を尽くして思いやる関係であり、相手を利用してただ一方的に益を得ようとする関係とは性質を異《こと》にします。こんなふうに「所有」する生き方があるとは、商売人は考えたこともなかったでしょう。

結果、皮肉なことに彼の人生はお金以外に何も残らない貧しいものになってしまっているのです。

権力に取り憑《つ》かれ、見栄ばかり張って利益を追求する。ほとんど現代人の生活そのものです。

誠実に自分と向き合おうとするならば、私たちも多かれ少なかれ王子さまの言う「変な大人」であることに気づくことでしょう。なぜなら「大人」はみんな大切ないのちを全然大切じゃないことに使っているからです。

いのちを大切じゃないことばかりに使っていると、最後はひとりぼっちになってしまいます。王子さまがいろんな星で出会った人はみんな孤独でした。彼らは権力を有したり、讃《たた》えられたり、財を成したと思っていますが、実際には空っぽで何もないのです。なぜならそこには誰もいないから。ここでいう「ない」は、星には他に誰もいないこと、そして彼らの精神世界が寂しく荒《すさ》んだものであることを意味しています。

一人の人間が孤独かどうか決めるのは周りにいる人間の数ではなく、どのように生きているかです。人がたくさん行き交う賑《にぎ》やかな都市に暮らしていたり、社交に忙しくしていれば孤独を避けられる訳ではありません。

現代人はなぜこんなにも孤独なのでしょうか？　まさか少し前の時代を生きた人たちは権力も利益も求めなかったのでしょうか。

サン＝テグジュペリは社会学者ではありませんが、高度に商品化され、合理化され、細分化された現代の消費社会において、内発的で心温まる、非道具的なつながりを作るのはますます難しくなっていると強く感じていたことと思います。物語中ではキツネに以下のことばを語らせています。

「人は、忙しくてなんにも考える暇がないから、商売人のところで出来合いのものを買うんだ。でも、友だちを売るお店なんてどこにもないから、人間には友だちがいなくなってしまった」

つまり、孤独は個人の問題ではなく、現代社会の病巣《びょうそう》だと言えます。

或いは、以前の人たちはお金を必要としながらも、際限なく財産を積み上げようとしたり、それを人生で唯一、最大の目標とすることはなかったのかもしれません。灯りを一つずつつける人が必要でも、過度に役割を細分化して一人の人間の人生が「職責」によって定義され、それが人生の全てだと思うようなことはなかったのかもしれません。呑んだくれはいても、今日ほどに多くの、失意や無力感、絶望をアルコールで麻痺させなければ生きていけないような都会人《びと》はいなかったのかもしれません。

　このような文脈で捉えると、『星の王子さま』が重厚な存在主義の色合いを帯びた哲学的寓話であることがわかるでしょう。この物語は、現代人の生きる姿を慈悲深い眼差《まなざ》しで見つめています。

　さて、どうすればこの孤独から抜け出せるでしょうか。

「なつける」のです。心を尽くしてなつけ合う関係の構築に努め、その内に愛と責任を見出すことで、人類はようやく深い孤独の沼から抜け出すことができる。サン＝テグジュペリはそう考えています。

　残る問題は、私たちがこの教訓を聞き入れたいと思うかどうかですが、例えそう願っ

たとしても、現代社会がつきつける困難を克服し、「なつける」力と心を育むことはできるでしょうか。

もう一段掘り下げて考えてみましょう。課題が意識できたとして、どうすれば現状の制度と文化を改革し、ひとりひとりがより良い公正な環境に身を置いて「社会性（sociability）」を取り戻せるような、互いが結びつき合うコミュニティを構築することができるでしょうか。

これは現代を生きる私たちひとりひとりが向き合わねばならない問いです。

第12章
選択するということ

選択の自由がなければ主体性は失われ、
自分のためではなく
誰かのために生かされているようになる。
その時すでに、人生の作者は自分ではなくなっている。

選択するということ

日々の生活の中で、私たちは常に何らかの選択を迫られています。

どこの国に暮らし、どの宗教を信じ、どの政党を支持し、どんな仕事に携わり、どんな友だちを持ち、どんな学校に通い、今年はどこに旅行に行き、果ては今週どの本を読んでどんな映画を観るのかに至るまで、選択を避けることはできません。

これら大小も難易度も異なる様々な選択が、かなりの程度において私たちがどんな人間で、どんな人生を送るのかを決定づけます。

私たちは選択することによって、初めて自らの人生の作者となるのです。

王子さまはその人生において三度、大きな選択をしました。

一度目はバラに別れを告げ、B612を離れたとき。二度目はキツネの求めに応じ、

なつけ合う関係を築き始めたとき。三度目は自ら毒ヘビにかまれることでバラのもとへ帰ろうとしたとき。

王子さまが下した一つ一つの決断はどれも彼の人生を大きく変えるものでしたが、実は、その選択がなければ王子さまは我々の知る王子さまではありえなかったとさえ言えます。

私たちは毎日絶えず選択している訳ですから、そこから受ける影響は計り知れません。ここで一歩退いて、より分析的に問題の本質を考えてみましょう。選択という行為そのものには、どんな条件が含まれているでしょうか？なぜ現代人はこんなにも、誰もが生活を選択する権利を持つと固く信じているのでしょう？

これらの問いはやや抽象的なようですが、議論を進めていけばこの思考が王子さま、ひいては私たち自身をより良く理解する上で役立つことに気付くはずです。さらに重要なのは、選択することの意味とその価値を知ることで初めて自由の尊さがわかり、不自由な環境の中でも自由を勝ち取ろうとする意志が芽生えるということです。

まずは、普段の私たちが生活の中で選択する時どういう状態にあるのか、一つずつ見ていきましょう。

最も直感的に理解でき、かつ誰もが共感できるのは、「選択はあらゆる強制を受けずに主体的な状態で行われる」という点ではないでしょうか。

銃を突きつけられてリーダーを選べと言われたり、「誰々には投票するな」と言われるような状態を普通は選択とは言いません。真の選択には選択者が「ＮＯ」と言える自由が不可欠であり、外からの圧力を一切受けずに自らが望む決断をできる必要があります。

この意味で、選択と自由には強い相関関係があると言えます。信仰の自由がなければ、宗教の選択はできません。思想の自由がなければ、多様な考え方は併存できません。そしてまた、職業の自由がなければ、好きな仕事を選択できません。

選択には、自由が欠かせないのは勿論《もちろん》のこと、同時に二つ以上の意義のある選択肢も必要になります。選挙と言いながら、永久に一つの政党の候補者しか存在せず、他

政党の人間が立候補できないならば、私たちは普通それを「選択肢がある」とは言いません。婚姻の自由と言いながら、親の決定によってのみ相手が決まるのなら、そんな自由には何の意味もありません。

また選択には「選択できる主体が必要」という点も極めて重要です。この主体とは、理性的に考え、価値判断ができる人のことです。選択に際して、通常私たちは理性的思考を働かせ、達成したい目標を定め、そして達成するための方法を考えます。言い換えれば、人の選択は往々にして、本能的な欲求に駆《か》られてではなく、何らかの理性的な理由に支えられて行われます。

ここで、王子さまがヘビにかまれることを選択した場面を例に、最後の決断の直前に王子さまが心の中でどんな自問自答を繰り返していたのか想像してみましょう。

どうしてＢ６１２に帰りたいの？

――バラに会いたくて仕方がないんだ。

どうして会いたいの？

——今でも彼女を愛しているし、なつけた責任を果たさなくちゃ。

どうして責任を果たさなきゃいけないの？

——そうしないと、今まで貫いてきた原則に背いてしまうから。この原則を手放したら、きっと自分を許せなくて一生苦しみ続けることになるんだ。


以上のやり取りで王子さまは「規範的正当化（normative justification）」を行っています。まず理由を挙げてこれから取ろうとしている行動が合理的で支持されるべきものであることを証明し、その結果として、そうせざるを得なくなるような内的拘束力が働くことを示唆しています。

この論証を終えた後も、王子さまはなおも自分に問い続けます。「帰ると決めたなら、目的を達成する方法を考えないと。来た時のように鳥の背中に乗って帰るか？ それとも操縦士にお願いするか？」そうして消去法で選択肢を絞っていき、唯一残ったのが毒ヘビの不思議な力に頼ることでした。

ただ、ヘビが嘘を言っている可能性を否定できない以上、これが大きな賭けであることは王子さまもちゃんと分かっていました。それでも、万が一騙された時には「後悔はない、あの状況下でできる最良の選択をしたのだから」と言うことができるでしょう。

別の言い方をすれば、生死を分ける選択を前にしても、王子さまが理性を捨ててなげやりな気持ちでヘビに命運を託すことはありませんでした。決断理由を突き詰めた上で、もたらされる大きなリスクも承知で選択したのです。

ここからわかるように、選択は常に不確実性と共にあります。

決断に際しどれだけ熟慮し先を見据えたところで、ことが思い通りに運ぶとは限りません。理性による熟考は確実性を高めることはあっても、１００％の保障にはなり得ないのです。

なぜなら、いのちそのものが予見できない様々な変数を孕んでいるからです。

一つのできことが起こるためには、たくさんの条件が同時に満たされる必要があります。これらの条件のうちの一つでも欠けてしまえば、予定されていた未来も変わってしまいます。この予見不可能な不確実性が故に、私たちは時に大きな選択を前にして心が落ち着かず、どうしようもなく逃げ出してしまうことさえあります。

このように、あらゆる選択は程度差こそあれ、一種の冒険だと言えます。

また、ある特定の愛や仕事を選択することは、同時にその他の愛や仕事を選択しないことを意味することも分かっておかねばなりません。謂《い》わば、一つのドアを開けるのと同時に、その他のドアは閉ざされます。選択の意義はすべての可能性を手に入れることではなく、多くの可能性から一つを選び抜き、他を手放すことにあります。選択は、「得る」ことであり、同時に「捨てる」ことでもあるのです。

このあたりで一度まとめておきましょう。王子さまは「選択」に際して、以下の困難に直面していました。

・他者からの干渉を避けなければならない

・理性的に熟考しなければならない
・選択はリスクと不確実性を伴うため、失敗とその代償を受け入れる覚悟が必要

このような葛藤は、王子さまだけでなく、選択するすべての人が直面するものです。ついては、より普遍的な問いに思考を巡らせる必要があります。誰もが自らの意志で選択できるような社会環境はどうすれば作れるのでしょうか?

答えは至ってシンプルです。そのためには、国は制度を整備し、個人が様々な領域で選択の自由を享受できるようにすること。社会は、健全な文化環境を整え教育機会を提供し、個人が理性と価値観を育めるようにすること。また政府には、良好な社会保障を以て、個人では対処しきれない予測不可能な事態がもたらすリスクと代償を極力減らす努力が求められます。

王子さまがこうした問題に心を砕く必要は本当にあるでしょうか。

間違いなく、あります。人間社会に生きる以上、この問いから逃げることはできません。私たちが日々を過ごしているのは国家の存在しないユートピアではありません

し、私たちは生を受けたその瞬間からある特定の制度の中に生きています。極めて個人的に見える選択も、その背後には常に制度があり、個人の選択の可否、程度、性質に様々な制約をかけています。

抽象的に聞こえるかもしれないので、やや極端と思えるような具体例を挙げてみましょう。

王子さまがバラを好きになることは極めて個人的なことですが、ここには何かしらの制度的背景を想定する必要はないでしょうか。

背景としては、この社会が制度上、恋愛の自由を認めていることが必要になります。

「ちょっと待って、自由恋愛は当たり前に存在するものでは？」

決してそんなことはありませんよね。中国の古典的名作『紅楼夢』を読んだ人なら知っているでしょう。現代からそう遠くない中国の伝統社会では若い男女に恋愛と結婚の自由はなく、両親や家族がすべてを決めていました。また王子さまが好きになったのが「彼女」ではなく「彼」だったとしたら、話はさらに複雑になるでしょう。

ここまでの議論で、そもそもなぜそこまで「選択」を重視するのか、と思われる方もいるのではないでしょうか。

この問いに答えるには、逆算して考えてみるのが良いかもしれません。もし私たちに選択の自由が一切なく、全てが他の誰かによって決められるとしたら、私たちはどうなるでしょうか？

私が思うに、物理的には自分の身体でも、本当の意味で自分のものである実感が持てなくなるのではないでしょうか。なぜなら多くの大切な問題において自ら最終決定を下すことができないからです。信仰も、政治理念も生活習慣も、さらには誰と愛し合うかさえ自分で決めることができなくなります。

選択の自由がなければ主体性は失われ、自分のためではなく誰かのために生かされているようになります。その時すでに人生の作者は自分ではなくなっているのです。

確かに、人は時として無知や短絡的思考から誤った決定をすることがあります。また面倒だとか責任を負いたくないという理由で選択を避けることもあります。しかし、選択の自由そのものを失えば、もしかするとある分野で発揮できたかもしれない才能に気づくこともなく、結果、自分の人生を本当の意味で謳歌《おうか》することが難しくなります。

また、選択する過程は、同時に学習する過程でもあることを知っておくべきでしょう。

選択することを通して、私たちは合理的に比較すること、価値を判断すること、自分を認識すること、責任を負うこと、互いになつけ合うことなどを学んでいきます。この意味において、選択の機会がなければ、私たちは永遠に成長することができないのです。

最後に、「誰かの選択を尊重することは、その人自身を尊重することである」ということについて触れておきたいと思います。原作第21章に、こんな場面があります。キツネは黙り込んだまま王子さまをじっと見つめて言います。

「お願い……私をなつけて！」

このシーン、キツネは決して王子さまに無理強いしようと思っている訳ではありません。「なつける」ことは自ら望んでそうするのでなければ意味がないことはキツネが誰よりも分かっています。同様に、強要された愛が本物ではあり得ないことも。

「なつける」関係は、互いが尊重し合うことで初めて成立します。

何を尊重するのでしょう？

人は誰しも独立した、主体性を持った存在であり、自分の思い描く人生を送る自由があることです。

しかし、こんなにも単純明快な道理も、私たちの生きる現実世界では想像以上に難しいことです。宇宙の真理を理解したと信じて疑わない大人たちや、この世のすべてがコントロール可能だと思っている為政者たちが最も恐れていること、それがまさに他人に選択の自由を与えることなのです。

彼らは弱いからこそ、この心理を痛いほど良く分かっています。自由を獲得すれば、人は成長し、自立し、無条件に「権威」に従うことはなくなります。

王子さまが私たちの社会に生きていたら、きっと無邪気に「大人たちは何をそんなにこわがっているの?」と、笑い飛ばしてしまうことでしょう。

第13章
なつけることは
政治的なこと

公正な制度があってはじめて
皆が平等に尊重され、
より良く互いをなつけ合うことができる。
ならば迷う理由はない。
共に制度を変えよう。

なつけることは政治的なこと

「なつける」は『星の王子さま』全編を通して最も大切な概念です。フランス語で〝apprivoiser〟、英語では〝tame〟、中国語では〝馴服〟または〝順養〟とも訳されます。私はどちらの中国語訳を使うべきかしばらく悩んだ末、台北にいる『星の王子さま』の翻訳者・繆咏華さんに連絡して教えを請いました。結果、彼女の言う「王子さまとキツネは友だちで、平等な関係だから、主従関係の薄い〝馴服〟の方が適切では」という意見に納得し、こちらを採用しました。

フランス語のApprivoiserは、ある関係が「見知らぬ人」から「打ち解けた間柄」へと深まっていく過程を意味します。サン＝テグジュペリは原作21章で、キツネの口を借りて以下のように簡潔に定義しています。

「なつける」ことは「つながりをつくる「(establish ties)」こと。知らない者同士が互いの努力で少しずつ親しくなり、深い愛着が芽生え、最後には強い結びつきになる。

キツネによると、この状態に至るにはある種の儀式性と、時間、そしてなつけた相手に責任を負うこと、またそれに伴う涙と悲しみを受け入れることが必要になります。つまり、「なつける」ことは「てなづける」こととは違い、権力で相手を圧倒したり、あらゆる手立てを尽くして相手を屈服させる類《たぐい》のものではないことが分かります。むしろ逆で、双方が自発的に築いた繋がりであるからこそ、ある種の相互性と対等性を体現する関係でなければなりません。友情にせよ愛情にせよ、真の美しい関係というのは互いになつけ合い、尊重し合うものです。

では、どうすれば互いに等しく尊重することができるのでしょうか？ 個人の徳性以外に、公正な社会制度の後押しも必要でしょうか？ これは非常に重要な問題ですが、サン＝テグジュペリは作品中で多くを語っていないので、私たち自身で答えを探してみましょう。

周知のように、人と人とのつながりは特定の社会身分を背景とした個人によって、特定の社会的文脈の中で築かれます。

家庭では親と子、学校では生徒と先生、教会では信奉者同士、市場では生産者と労働者、政治においては私たちは皆、公民という身分を持ちます。このような社会制度そのものが公正で、私たちの身分が正当に認められていれば、なつけ合う関係もそこで正常に機能し、また社会から公正な扱いを受ける可能性も高くなります。

例えば、私たちの社会が全ての公民の平等と信仰の自由を保証し（少なくともこの点についてだけは社会制度が公正）、信奉者としての身分が社会的に認められるならば、あなたは安心して宗教活動に励み、自分の慕う人をなつけようとすることができるでしょう。逆に、あなたの信じる宗教が国から異端視され厳しく迫害されているとすれば、あなたは身分を隠すか、最悪の場合信仰を放棄するしかなく、当然同志たちと関係を築くことは極めて困難になります。

似たような例は枚挙《まいきょ》に暇《いとま》がありません。父権社会に生きる女性、異性愛社会に生きる同性愛者、人種差別社会に生きる有色人種、市場主義崇拝社会に生きる無産階級、よそ者を敵視する社会に生きる移民など、彼らは往々にしてその身分のために様々な場面で不公正な扱いを受けています。

このような不当さは、彼らが当然持つべき権利を侵害しているだけでなく、より深い意味では彼らの尊厳とアイデンティティも傷つけており、結果的に彼らと他の市民が良好な関係を築くことを著しく妨げています。

その根本的な原因は主に、マイノリティが国家から平等に尊重されていないことに起因します。私たちの社会制度とそこから生まれた文化及び社会実践は、彼らが自由で平等な市民として享受すべき「公正に扱われる権利」を尊重していないのです。

こうして見ると、人がなつけ合うことが極めてパーソナルかつプライベートで非政治的な行為だと思ってしまうのは、全くの錯覚であることが分かります。

身近な話として、愛について考えてみましょう。誰に恋し、誰を愛する資格があり、愛したい人を愛する条件を満たしているのか、そしてあなたの愛が社会的に認められるものかどうかには制度という後押しが常に必要です。しかもこの制度は強制力を持った、社会的正義を代弁する存在です。近年の各国における同性婚の合法化を求める社会運動を見れば分かるように、異性愛者にとって愛する人と結婚することは極めて容易で、考えるまでもなく当たり前のことのようですが、同性愛者にとっては天に登るくらい難しいことです。

こうした現実を考慮すると、フェミニストが好んで使うスローガンをもじって「なつけることは、政治的なこと」と言っても良いかもしれません。(本来は「個人的なことは、政治的なこと」)

さて、以上のことを踏まえて改めて『星の王子さま』を読むと、余計に童話的な虚構感を感じてしまうかもしれませんが、それは、この物語における「なつける行為」が完全に「脱政治化」されているからです。『星の王子さま』の世界には一切の社会制度による制約がなく、なつけたい人をなつけ、権力の干渉を受けることも、世間の目を気にすることもありません。もちろん関係を築くのに経済的条件や文化資本の心配をする必要もない。（もし私たちがＢ６１２で生活できたとして、恋人と一緒に一日43回も夕暮れを眺められたらそれはとっても贅沢なことですが！）

王子さまはさながら精神世界のユートピアの住人のようです！

サン＝テグジュペリはもちろん故意にそのような見せ方をしています。私たちと比べ物にならないような様々な経験をした彼が、現実世界でなつけることの難しさを知らないはずがありません。おそらく作者はあえて外的な制約要因を削ぎ落とすことで、なつけることのコアの部分「心でなくちゃ、大切なものはよく見えない」ということを際立たせたのだと思います。それは、つまり繋がりを作ることです。

サン＝テグジュペリは本当に細部まで心を砕いて物語を編《あ》んでいます。「世界は一見すると複雑で、人々は権力や名誉、財、机上の知識を追い求めるのに必死だが、いのちにとって最も大切なひたむきな愛情が忘れ去られてしまっている」彼はきっとそう伝えたかったのでしょう。

以上の道理を理解し、いま私たちは王子さまの世界から現実世界に戻ってきた訳ですが、これからどうするべきでしょうか?

いっそ王子さまのことを忘れてしまう、というのが一つの選択肢です。あれはあくまでファンタジーの世界のユートピアで、現実じゃありえないもの、と。もう一つの選択肢は、「なつける」素晴らしさを自分の中で大切にしながら、正義に反する社会環境を改め、より多くの人が王子さまのようになつけ合う関係の中で公正、かつ愛に満たされた生活を送れるように努力していくことです。

私たちは後者であるべきです。

王子さまが言ったように、「なつける」ことのない人生は、幸せな人生ではあり得ません。王子さまの生き方を過度に気にする必要はありませんが、私たち自身の生き方を気にしないわけにはいきませんよね。だって私たちのいのちは、私たち白身のものですから。公正な制度があってはじめて皆が平等に尊重を得られ、互いになつけ合うことができる。もう迷う理由はありません。共に制度を変えましょう。

ここでも以下のような疑問が出てくるかもしれませんね。「なつけることは本当にそんなに大切なことなの？　それで本当に幸せになれるの？　もしそうだとしたら、どうして私たちの周りには時間を割いて友だちをなつけようとせず、お金や名誉ばかりに時間を費やす人がこんなに多いの？」

この問題を考えるにあたって、ハーバード大学医学部のロバート・ウォールディンガー（Robert Waldinger）教授が行った「幸せな人生はどうやってできる？（What makes a good life?）」と題した講演が良いヒントになるかもしれません。

ウォールディンガー教授はハーバード大学「成人発達研究所」の四代目責任者です。実施された研究は1938年から70年以上に渡って、異なる社会的背景を持つ724人の男性のそれぞれのライフステージにおける生活状況を、仕事や家庭、心身の健康状態に至るまで長期に追跡するというものです。

蓄積された膨大《ぼうだい》な経験的データからウォールディンガー教授が説くのは、人を本当の意味で幸せにするのは名誉や物理的欲求の充足でも、権力でも、また仕事の達成感でもなく、良好な人間関係だということです。

研究によれば、家庭・友人・社会コミュニティなどの関係において密接で良好な関係を維持できている人ほど、幸せで健康的に長生きします。反対に、長期に渡って孤独な状態にある人は、生活を退屈に感じたり気分が落ち込むだけでなく、体の健康や脳の記憶力も中年以降急速に悪化していく、というのです。

この結果はキツネの叡智《えいち》を裏打ちしています。心を尽くしてなつけ合う関係を築くことは、無意味なように見えて実は最も大切なことで、愛し合い信頼し合う関係の中で生きることによってのみ、私たちは健康で幸せな人生を送れるのです。

では、良好な人間関係はどうすれば築けるのでしょうか。

これには個人の意志だけでなく、社会環境も密接に関わってきます。

貧しい家庭に育った子供は幼少期から十分な栄養を与えられず、教育の機会にも恵まれず、自己肯定感が低く自分の殻に閉じこもる可能性が高くなるでしょう。彼らは大人になっても多くの時間を生活の維持に奪われ、なつけ合う関係を築く条件をそもそも持っていない可能性も同時に高くなります。逆に裕福な家庭で育った子供は、はじめからなつけ合う関係の構築に求められる条件を備えています。

このように、人が幸せに生きられるかどうかは、どのような社会制度の下で生きるかと分けて考えることはできません。

そして、この制度は自然の秩序でもなんでもなく人の造り出したものですから、いつでも変われる可能性があります。ではどのように変えるかですが、そこでは私たちがどういった社会的正義を描き、そして共に世界を変えていく決意を持っているかが問われています。

第14章
「理解」の
難しさと大切さ

人には限界があって、
みんなそれぞれ独特で、
それでも同じように尊重されるべきいのちがある。
だからこそ、理解したくてもできない相手にはなおさら
優しさと思いやりを注ぐんだ。

「理解」の難しさと大切さ

原作第7章に、飛行機の故障で砂漠に不時着した操縦士が、偶然出会った王子さまと激しい言い争いをする場面があります。事の発端《ほったん》は操縦士が王子さまのために描いた羊でした。王子さまはとても喜びましたが、羊が彼のバラを食べてしまうのではないかと心配になり、バラのトゲは何のためにあるのかと操縦士に尋ねます。

操縦士はその時ちょうど飛行機の修理を急いでいたので、焦りと苛立《いらだ》ちから「なんの役にも立たないよ」と適当に答え、さらには大事な用で忙しいから邪魔しないで、とあしらったのでした。

これを聞いて王子さまはカンカンに怒り、金髪を振り乱し、目に涙をいっぱいに溜め、物語の中でも一番胸をしめつけられるセリフを言います。

誰かが一輪の花を愛した瞬間、この花は億千万の星にたった一つしかないかけがえのない存在になって、その人はただ夜空を見上げるだけで幸せな気持ちになれるようになるんだ。「あのどこかに、ぼくの花があるんだ」なんて呟《つぶや》いたりしてね。でもそれがもし羊に食べられちゃったら、それはまるで全ての星が突然輝かなくなったのを見るような感覚なんだ！なのに、それは大事なことじゃないっていうの？！

王子さまがこんなにも悲しんだのは、理解されていないと感じたからです。王子さまにとってバラはなによりも大切な存在で、そのバラの安否はいちばんの心配事ですから、その気持ちを操縦士にも分かってもらいたかったのです。このように相手の立場に立って考えや気持ちを理解する力は、英語では〝empathy〟、中国語では〝移情〟、〝同理心〟、〝感同身受〟などと訳されます。

王子さまの心情はわからないでもありません。ただ操縦士が本当の意味で自分の身に置き換えて王子さまの気持ちを理解することができるかどうかは考えなければならないところです。王子さまとバラが毎日一緒に過ごして育んできた関係性は、極めて個人的な経験であり、当人にしかわからないことです。それを、操縦士に王子さまと同じようにバラへの思いを理解してほしいと思ったり、王子さまが抱いた「全ての星が突然輝かなくなったような」悲しみを理解しろというのはあまりにも不公平で、無茶な話でしょう。

ここで私たちは「人は誰かを本当の意味でありのまま理解することができるのか?」という極めて難解な問いに向き合う必要が出てきます。果たして、人間が持つ共感力はどこで培《つちか》われ、またそれによってどの程度まで他者を理解できるものなのでしょうか。

この問いは極めて重要です。なぜなら人は孤島にひとりで暮らしているわけではないからです。

私たちは幼い頃から社会の中で育ち、他者と様々な距離感の多様な関係を築きながら、自我や生きる意味を見つけていきます。その意味で、知り合い——特に「重要な他者（significant others）」――から理解されることはとても重要な意味を持ちます。「他者」には、両親や愛する人、親友など、私たちが心から大切に思っている人が想定できるでしょう。

また、ここで言う「理解」とは、考え方や信念を頭で理解しているだけでなく、むしろ心の奥に根差した感情や価値観を含む、いのちそのもののあり方への理解を指します。親しい人から誤解や曲解を受けたとき、私たちはどう感じるでしょう？ 失望感ややりきれない思い、痛みや挫折感を抱くのではないでしょうか。

私は大学入学当初、商学部に通っていました。が、ほどなくして哲学にのめりこみます。そこで父に専攻を変えたいと相談したところ、将来性がないという理由で反対されてしまいます。その年、私はしょっちゅう父と言い争い、時には堪えきれずトイレでこっそり泣くこともありました。今思えば、当時あんなにも辛かったのは父の存在を殊《こと》の外意識して、父に理解されたいと思う気持ちが強くなり過ぎていたのでしょう。

それでも最後には転部の願いが叶い、道徳心理学を学ぶ中で多くの学びを得た訳ですが、社会生活の中で長期に渡って「重要な他者」からの理解を得られなかった人は偏屈になり、自己肯定感が低下し、生きる意味を見出しにくくなる、という観点はこの章での話にも通じるでしょう。

まとめると、理解が大事なのは、それが人間の社会生活における基本的な欲求だからです。

さて、理解の大切さはわかりましたが、共感に基づいた理解は決して容易ではありません。現代の都市生活において普遍的に見られる現象の一つとして、多くの人が孤独に蝕《むしば》まれていることがよく話題に上りますが、この孤独がまさに他人の理解と思いやりを得られないことに起因します。

毎日同じ場所で生活し顔を合わせているにも関わらず、互いを理解するのが難しいだなんて、一体どういうことでしょうか。

その難しさを解き明かすためには、理解に必要な条件を整理し、その条件を満たす

ことがどうしてそんなに難しいのか考えてみる必要があります。

まず、人と人とがつながりを持つための最初の条件は、自ら進んで時間を費やすことです。操縦士が王子さまを理解するためには、まずは手元の仕事を一旦脇に置いて、腰を据《す》えて王子さまとバラの物語に耳を傾ける必要がありました。こうすることではじめて、王子さまの想いの丈や悲しみの色に気づくための条件が整います。キツネのことばを借りれば、気にかける相手のために時間を使おうとすることは、「理解」の必要条件なのです。

この点がわかると、現代人が孤独な理由も見えてきます。そうです、私たちは「忙し過ぎる」のです。仕事に、接待に、株の売り買いに、ネットの閲覧に。一方で誰かを理解するためにはほとんど時間を使っていません。たとえそれが親しく大事な相手であっても、です。

そんなことはないと思う人は、胸に手を当てて自問してみましょう。最後に実家に帰って両親と膝を突き合わせて話したのはいつのことだろう。心穏やかな夜に子どもの切実な訴えかけに耳を傾けたのはいつのことだろう。最後に親友とカフェやバーで語り合ったのはいつだったろう。

時間はとても大切です。でも時間に頼るだけでは「相手に自分を重ねて（feeling into）」共鳴するには至れません。ある人間をその人の世界の見方で理解するには、極めて近しい価値枠組みと共同の歴史が必要だからです。

中国語の〝心心相印（心を重ね合わせる）〟という成語がこの状態を形容するのには適当かもしれません。つまり、共鳴するには、二人の心が完全に一致する必要があるのです。

そうは言っても実際の現実世界ではほとんど不可能に近いことに思えます。個々の性格や家庭背景は違いますし、社会が個人の自由な成長を許容《きょよう》すれば、そこには自ずと多様性が生じます。互いに異なる個人が心を重ね合わせる、そんなことは果たして可能なのでしょうか。これが「理解」を難しくしている第二の要因です。

経験の違いは互いを理解する妨げとなるだけでなく、時に衝突の原因にもなります。宗教戦争、人種／民族間の対立、性差別など、どれだけ多くの問題が偏見や無知によって引き起こされていることでしょう。

操縦士が王子さまを理解することは難しいと言ったのはこのためです。考えてもみてください。彼らはそれまで全く別の世界を生きてきました。一日に43回の夕暮れなんて見たこともない操縦士が、王子さまの説明を聞いただけでその夕暮れの切なさをどれだけ自分のことのように感じられるでしょうか。

心を重ねる上で、全く同じ個性と共同の歴史が求められると言うのならば、それは極めて困難なことだと言わざるを得ません。

そうなると、心を重ね合わせることは、或いは永遠に不可能なのでしょうか。

そうとは限りません。人間には豊かな想像力があります。操縦士はバラを愛したことはありませんが、初恋をしたことはあるでしょう。宋の時代にこんな詩があります。

「大好きな人と離れて、長い年月が過ぎても気持ちは変わらない。相手のことを思い続けてやせ衰えても、後悔はしない（衣帯漸寛終不悔 為伊消得人憔悴）」です。

この気持ちを理解できるならば、全身全霊で一人の人間を愛する心情もわかるはずです。王子さまの訴えに対しても、自分の人生経験を王子さまの境遇に重ねて、王子さまにとってバラがなぜそんなにも大切なのかを理解することができるでしょう。昨今よく言われる「共感力」とは、まさにこのように想像力を働かせて他者を理解する力を指します。

これは確かに効果的な方法でしょう。ただ、実際にそれを成功させるためにはそこに置き換えられるような経験をしていることが前提になります。

もう少し噛み砕いて言うなら、人を愛したことがあって初めて王子さまとバラが育んだ愛情を理解できるのです。誰も愛したことがない人には、そもそも愛情という概念が自分の中に存在しないため、それではどんなに努力しても王子さまのバラへの気持ちを正しく理解することはできないでしょう。

ここから、『星の王子さま』という同じ一冊の本を読んだ人間がそれぞれ違った受け取り方をする理由も見えてきます。ある人は物語に容易に共感し、その中に自らの姿を見て幾度となく読み返します。その一方で、何も感じず、王子さまが何をしているのかさっぱりわからないという人もいます。

王子さまはずっと変わらずそこにいます。ただ、彼を理解し近づくためには、私たち自身が知性と感性の両面で相応の用意と柔軟な心を持っている必要があるのです。

以上の内容を踏まえると、理解する難しさのさらなる深みが見えてきます。

私たちの日常には、自分には一生かかっても経験できないことや、自分の身には永遠に起こり得ないことはいくらでもあるため、そうした経験をした人たち全てに理解を示すことには当然ながら限界があります。

例えば、普通の視力を持つ人は生まれつき目が見えない人がどんな生活をしているのか想像できないでしょう。逆も然《しか》りで、目の見えない人がどんなに想像しても、色彩あふれる世界を思い描くことは難しいでしょう。そこには色という概念が存在していないからです。

こうした認知的制約は容易に差別や偏見に繋がります。人は自分が理解できない人や物事を異物と認識しやすい傾向にあり、時にその存在を無視しようとさえします。

死について考えてみるとどうでしょうか。私たちは客観的な事実として、誰もが最後には死んでしまうことを知っています。新聞では毎日のように誰かの死を目にしない日はありませんし、親しい友人が死の恐怖に直面しているなんてことになれば、死を遠い存在とは思えないでしょう。

つまりそれは死に瀕した人の苦しみを本当の意味で理解し、彼らの孤独や恐怖を分かち合うことはできるということでしょうか？

残念ながらかなり難しいと思います。まず、ほとんどの人は死を頭で認識しているだけで、本当に死の淵に立ったことはないでしょう。加えて、私たちは無意識のうちに死から逃げ、目を背《そむ》け、それが自分の身には永遠に起こらないと思い込もうとしています。ただ、確かに死は避けられないものですが、自ら進んで死との距離を縮めてみて、理解し、その感覚を知ろうとするのは悪くないかもしれません。

死を題材にしたトルストイの小説『イワン・イリッチの死』は、何度読んでも飽きることのない名作ですが、私自身も何度も読み返し、その度に深い感銘を受けてきました。ただそれでもはっきり言えるのは、例えどんなに努力しても、臨終に際したイワンの状態を本当の意味で理解するには程遠く、いつも途方もない距離を感じてしまうということです。当たり前ですが、私は彼ではありえないからです。

死は究極的な意味において、最も孤独な出来事です。それが誰であっても、代わることも、寄り添うこともできません。一人で向き合うしかないのです。

言い換えれば、他者の理解を最も必要とする時というのは、同時に他者の理解を最も得にくい時でもあるのです。

ではどうすればいいのでしょうか。こういう時、私たちにはむしろ人間の限界を受け入れることが求められているのかもしれません。越えられない溝をあえて越えようとする必要はありません。

何もかけることばが見つからない時に沈黙できること、それも大切なことです。限界を認めることは、何もしないとか、理解が及ばない人や物事に対して冷淡な態度を取ること、ましてや差別的な態度を取ることではありません。むしろその逆です。人には限界があって、みんなそれぞれ独特で、それでも同じように尊重されるべき命がある。だからこそ、理解したくてもできない相手にはなおさら優しさと思いやりを注ぐのです。

理解することが難しいからこそ尊重し、そして関心を寄せる。容易ではありませんが、私たちが学習して身につけなければならないことです。

分かりやすい身近な例で言えば、うつ病を患った友人との接し方もそうでしょうか。うつ病を患った人は、頻繁に激しい孤独感に襲われながら、他者が永遠に踏み込めない世界で終わりのない苦しみに苛《さいな》まれます。

重い病気を患うと、人はたやすく極めて孤独な状態に追い込まれてしまうものです

が、それはまるで抗《あらが》えない闇の力のように、有無を言わさず私たちを正常な世界からはじき出してしまいます。

空は変わらず青く、太陽は輝き、道行く人はみんな笑顔を浮かべているのに、そこはもう自分の生きる世界ではない。自分は世界の外にいる。かく言う私自身も、そんな一人でした。

こうした他人の苦しみを目の前にしたときに最も大切なのは、無理に理解しようと努めることではなく、むしろ自らの無力を受け入れた上で親しい人の傍にじっと寄り添いながら、「何があってもずっとここにいるよ、一緒に立ち向かっていこう」と伝えることなのかもしれません。

これもまた、一つの「理解」の形ではないでしょうか。

第15章
無に帰る前に

この世界を生きる私たちが変われば
世界のあり方も自ずと変わる。
有限の中で生を全うすることは
世界を変える行為だ。

無に帰る前に

「黄色い光が見えた。くるぶしのあたり。あの子の動きが、一瞬だけ止まった。あの子は声も出さずにゆっくり倒れた、木が倒れるように。砂の上に、少しの音も立てずに」

これは王子さまが地球を離れるとき、より正確に言えば、この世からいなくなってしまう瞬間の描写です。

つまり、王子さまは死んでしまった？――そう考える読者は少なくないでしょう。サン＝テグジュペリはこの点についてはっきりと述べていないため、我々読者にとっては大きな想像の余地があります。さてお気づきでしょうか。このゆっくりと倒れていくイメージは、我々もいつか必ず迎える瞬間の描写でもあります。

その瞬間とは、人生の終着点です。

死は、私にとってとても身近な存在です。本当に小さな頃から、様々な死を目にしてきました。老死に始まり、病死、夭折《ようせつ》、早世《そうせい》、自殺、事故死、さらには死刑場での銃殺に立ち会ったこともあります。その中にはすぐに忘れてしまうものもあれば、悲しみの感情がいつまでたっても抜け切らないもの、永遠に忘れられないであろうものもあります。

私の死に対する最も直感的なイメージは、死んで無に帰る、というものです。

火葬場での別れを経験したことのある人なら、この気持ちが共有できるのではないでしょうか。さっきまでそこにあった親しい人の体が、次の瞬間には燃え盛る炎の中で一瞬にして灰になり跡形もなくなってしまう。とても残酷で、同時にこれ以上ない真実味を伴った情景です。死の前では、どんな強度も、みな煙とともに消えていきます。

それはすべての人が帰る場所で、いつか私たちが辿り着く場所でもあります。

無に帰る、とは一体どんな概念でしょうか。

英語で言うなら、それまでsomethingだったものがnothingに変わるということ。さっきまであなたは世界の一部分としてある場所に存在していて、何か楽しいことをするのに忙しくしたり誰かと親しくしていたのに、その事実が突然消えてなくなってしまうということです。

世界は変わらず騒がしいのに、あなたはもうそこにはいない。

無に帰ることは、この世界からすっかり退場してしまうことだと言えるでしょう。


この世に存在する対比の中で生と死ほど圧倒的な存在感を放っているものはないと思います。一方は存在で、他方は無。一方は昼間で、他方は夜。一方は煩悩で、他方は涅槃《ねはん》。一方は共にあることで、他方は孤独。一方はあらゆる好事の前提で、他方はあらゆる好事が失われた結果。

二者はこんなにも違うのに、その間の移行は斯《か》くも容易《たやす》い。

死の訪れはいつも唐突です。考える時間も準備する暇もなく、別れの言葉も交わさぬうちに気づけば私たちを襲っています。毎日のニュースで報じられる地震や津波、飛行機事故や交通事故、或いは親しい家族や友人に降りかかる災難は、常に私たちに生の脆《もろ》さと死の無常について問いかけています。

無に帰る瞬間をどう迎えるか、これは私たち人間にとって永遠に消えない悩みです。

宗教と哲学は、まさにここから生まれました。

魂は不滅である。死してなお存在する。六道《りくどう》を輪廻《りんね》し生まれ変わる。このような考えは全て上述の問いに対する答えだと言えます。こうした信仰が人々に大きな力と安心感を与えたことは間違いないでしょう。抽象的な事実としても、具体的な事象としても、「死後、人は無に帰る」という事態は誰にとっても受け入れ難いことです。人と動物の違いとして、人には存在意識と価値意識があり、それゆえに己《おのれ》の存在とその尊さを意識することが挙げられます。それは同時に、自分という存在がいつか消えてなくなってしまうという運命を受け入れ難くもしていますから。

私もかつては死の恐怖に囚われていました。

死に行く過程の苦しみが恐かった？——いいえ、その瞬間はまだ来ていません。

この世界に存在する美しい事物が名残惜しかった？——確かに、でもそれも違います。

死んだあとの未知の世界が恐ろしかった？——むしろ神秘性すら感じています。

私が最も受け入れ難かったのは、自分の慕ってやまない人たちが永遠にこの世を離れてしまうことでした。それは彼らに二度と会えなくなることを意味します。

想像してみてください。楽しい時には一緒に笑い、苦しい時には労《いたわ》り合い、励まし合いながら苦難を乗り越えてきた大事な人が、突然いなくなってしまうのです。その人の気配も、使っていたものも、その声も姿もはっきりと残っているのに、その人だけが永遠にいなくなってしまう。その時、なんとも言えない世の不条理と痛みを感じることでしょう。

昨日までそこにいたのに、なぜ今日はいないの？一体どこへ？どんな理由で？

私はかつて、そんな悲しみを宗教の力で乗り越えようとしたこともありましたが、その過程は苦しく、また結局何の解決にもなりませんでした。

それでもこの年まで生きてようやく、人が死んで無に帰るという事実を受け入れられようになりました。

今の私にとっての最も根本的な人生哲学のテーマは、「目の前の人生をいかにして生きるか」です。

死に向かって生きるとは即ち、無に帰るその日に向かってしっかりと生きていくということです。

最後には無に帰ってしまうのなら、しっかりと生きることに何の意味があるのだと考える方もいるでしょう。では、まじめに努力して生きることと適当に怠けて生きることはどう違うのでしょうか。

確かに人は最後は死ぬしかありません。しかし、死ぬまでの人生をしっかり生きたかどうかは、本人にとってとても重大な意味を持ちます。

道理は極めて単純です。私のいのちは私のもので、他人のものではありません。一度しか生きられないいのちだから、自分がしっかり生きられたかどうか考えずにはいられないのです。

充実した美しい人生を心を尽くして生きられれば、私のいのちは意味と価値のあるものとなり、その意味と価値はいまを生きる私に映し出されるでしょう。

誰しもいのちは有限だと知っています。そして、有限だからこそしっかり生きたいと願い、それでこそ人生は切実で大切なものになります。真剣に生きることと怠けて生きることの一番の違いはなんでしょうか。それは、真剣に生きれば後悔しない可能性が高いということです。誰しも悔いなく生きたいと願うものですが、それは私たちが自分を大切にしている証でもあります。

つまり、死の必然性は生きる意味を消し去らないばかりか、むしろ人生をより意味のあるものに変えてくれるのです。もし不老不死というものが本当にあり、私たちの生活が永久に繰り返されるとしたら、生きることはとるに足らないものとなってしま

うでしょう。何度でもやり直しがきく状況では、どう生きても構わないからです。

逆に、もし人生が突然あと残り一日になってしまったら、その一日をどのように過ごすかは極めて重大な問題になります。

そうなれば必然的に「私にとって一番大切な人は？一番大切なものは？」という問いが頭に浮かび、どうにか意味ある一日を送ろうと過ごし方を必死で考えるのではないでしょうか。

こうした問いに答えるには、生死に関わる智恵の実践が必要です。

それでも「そんな風に言うのは、自分を騙して安心させるためか、そうでなければ慰めにしか過ぎない。広大な宇宙の視点から見れば個人の存在なんて宇宙を漂う塵《ちり》にも等しく、どんなに輝いた人生も世界に影響することはないのでは？」と疑問を抱く方もいるかもしれませんね。

一人の一生はあまりに短く、取るに足らないものでしかない。どんなにあがいても結局は徒労《とろう》にしか終わらない、と。

私はそうは思いません。客観的に言えば確かに人は宇宙の塵に等しいでしょう。しかし例え塵だとしても、宇宙の一部である事実は変わりません。私が懸命に生きれば、この世界にごくわずかでも確実に変化を与えることになります。そしてこの変化は、ほかでもない私という存在によって起きたものです。

王子さまが心を尽くしてバラをなつけたことで、この宇宙はその愛情によって少しですが美しくなりました。王子さまがキツネをなつけたことで、キツネの目に映る麦畑は特別な意味を持つようになりました。王子さまの「なつける」行為によって宇宙は変わり、この世界には感動という彩りが加わったと言えるのです。

操縦士との別れ際、王子さまはこんな言葉を伝えました。

「夜、きみが空をながめたとき、そのどれかには僕が住んでいて、そこで笑ってるんだ。つまり、きみにとっては、まるで星みんなが笑ってるみたいになる。きみには、笑ってくれる星空があるってこと！」

そうです、空には幾千万の星が輝いていますが、王子さまと出会ったことで操縦士の目に映る星空は以前とは全く別のものになったのです。そしてその違いは、心でしか見えないものです。

死ねば無に帰るという事実を受け入れ、いわゆる宇宙的観点から人という存在を俯瞰《ふかん》すると、ニヒリズム的な虚しい結論に至ってしまうと考える人も少なくありません。

しかしそんな心配は無用です。この世界を生きる私たちが変われば、世界の様子も自《おの》ずと変わります。人の有限性を受け入れ、有限の中で生を全うすることは、世界を変える行為なのです。

これは決して、盲目的に楽観して自分の本分だけ果たしていれば大きな社会変化がそのうち起こるだろうとか、保守的になって自分だけの小さな世界に閉じ込もり、外界の様々な不義に目をつむろうといった受動的な態度ではありません。

有限の人生においては私たちができることとすべきことも限られていますから、永遠に達成できない目標（例えば、自分ひとりの力で世界全体を変える、など）を掲げる必要は全くありません。こうした誤った目標設定をすると、却《かえ》って自分や他者の注力している様々な努力を否定してしまい、価値の堅持や道徳的追究を例外なく徒労で無意味だと考えてしまうようになります。それは既に一種のニヒリズム的状態であり、人生を大事に生きることなどできません。

私たちそれぞれが、いま人間が置かれている境遇をありのままに理解することができれば、例え私たち一人ひとりにできることはごく僅かでも、この世における一つ一つの小さな努力が徒労に終わることは絶対にありません。

もちろん、どれだけ大きな変化と影響をもたらせるかは様々な条件によります。それぞれが置かれている環境や廻《めぐ》り合わせもそうですし、個人の掲げる目標、どの程度の代償を払う覚悟があるかにもよります。一つ間違いなく言えるのは、この道理に気

づいて自ら公明正大《こうめいせいだい》な生き方を実践する人が増えれば、社会が良くなる可能性があるということです。

社会を変えるには、私たちが一致団結して努力する必要があります。そして、その努力しようとする姿勢そのものが変革の始まりなのです。

最後に忘れてはならないのは、たとえ生命が無に帰っても、生前の行いのすべてが無に帰る訳ではないということです。この二つはあくまで異なる概念です。

私たちが死んでもこの世界は存在し続けます。この世界がある限り、私たちがこの世に蒔《ま》いた種は育ち続け、四方に広がっていく可能性があります。従って、今ここで書いている文章も読者がいる限り、私がいなくなってもその影響力が消えることはありません。

言い換えれば、私たちが生きている間に創出した成果は個体の消失とともに消えていくのではなく、様々な形で引き継がれ、誰かの心に宿り、後世に恩恵をもたらし続けていきます。人類史に名を刻む偉大な思想家や芸術家たちが私たちに尽きることのない財産を残してくれたように、私たちも彼らと同じように真の意味で不朽の価値を残すことができるのです。

私たちの一個体としての寿命は極めて短いものですが、集団の一員としての私たちは連綿《れんめん》と続く伝統の中に生き続けます。この「継続性」という特徴によって、私たちの「個体の生命はいつか無に帰る」という無常感は大きく緩和され、またそれによって私たちはいのちを全うする活力を得られるのです。

ここで改めて『星の王子さま』が無に帰るまでの人生との向き合い方をどのように伝えているか見てみましょう。

サン＝テグジュペリは第二次世界大戦真っ只中の1942年に、この一見すると浮世離れした童話を執筆しています。彼は世の中に何を伝えたかったのでしょうか。

私が思うに、彼が最も関心を抱いていたのは、この現代社会において人類はどうす

れば孤独から抜け出し自分の人生を生きられるかです。

王子さまの成長の旅と、その童心をテーマとして、サン＝テグジュペリは私たち大人に「いのちを大切じゃないことに使わないよう」忠告しています。権力やお金、虚栄への終わりない欲望は人を孤独で、虚しく、疎外された状況に追い込むばかりで、幸せで楽しい人生をもたらすものではありません。

そこから脱け出す道はあるのでしょうか？

自分をよく理解し、いのちの本質をつかみ、人生にとって最も大切な価値とは何かを知り、日々の生活の中でその価値を体現することができれば可能性はあります。この考えは、王子さまと操縦士との以下の対話の中で最も明確に示されています。

王子さまが言った。「きみのとこの人たちは、五千本ものバラを一つの庭で育ててる……でも、その中に探し物は見つからない……」

「うん、見つからないよね」僕はうなずく……。

「実はその探し物は一輪のバラとか、ちょっとした水たまりの中なんかで見つかったりする……」

「そのとおりだ」僕はまたうなずく。

王子さまがさらに続けて言う。

「でも、目じゃなんにも見えないんだ。心で探さなくちゃ」

王子さまはここで私たちに、人間がいくら幸せを求めても手に入らないのは心を尽くすことを知らないからで、心を尽くしさえすれば幸せが実はすぐそばにあることに気づくことができる、と伝えています。

「心を尽くす」ためには、幸せは蓄えた財産やそのお金によって手にしたバラの数ではなく、自分にとって唯一無二のバラをなつけることの尊さにあることをわからなければなりません。

なつけることは一種の「気づき」であり、より重要なのはそれが「実践」であると

いうことです。なつける相手に心を尽くして接し、気にかけ、面倒をみて、話に耳を傾け、尊重することで、はじめて愛と信頼が芽生え、そこに生きる意味と価値を見出すことができるのです。

なつける対象はパートナーでも、友だちでも、仕事でも、家庭でも、或いは自分自身でもありえます。

こうしたいのちの繋がりの中で、私たちは自らの存在を肯定するのです。

さらに言えば「なつける」という行為の根本は、生きる上での基本姿勢であると私は考えています。計算することも、見栄を張ることも、卑屈《ひくつ》になることもない、謂わば「大人」であることをやめて本来の姿に戻ろうと努力することです。愛の中に愛を、友情の中に友情を、仕事の中に仕事を見出す、「なつける」ことはそんな至って単純なことなのです。

そうすることによってのみ、私たちは砂漠にあの井戸を見つけることができます。

王子さまだってバラだってキツネだっていつかは死んでしまいます。

でも彼らを慕う読者の心の中にはずっと生きていて、一代また一代と、人々の魂を揺り動かし、その心を潤し続けることでしょう。

彼らの存在によって、私たちはいつも笑いかけてくれる星空を手に入れました。

心を尽くせば、私たちはバラにも、キツネにも、王子さまにもなれるのです。

【結語に代えて】

読者の気づきと共に

こんな世の中だからこそ、
夢を抱き、信念を持ち、そして価値を感じることが大切です。
誰かをなつけること、そして自分を生きること。
それだけが、今を歩んでいく力となるのです。

さて、そろそろこの本も終わりに近づいてきました。この『星の王子さま哲学所感』とでも言うべき内容は第一章の執筆から数えて、台北から香港、そしてヨーロッパへと、完成に半年をゆうに超える時間がかかりました。単純にかかった時間は決して長いものではないかもしれませんし内容も比較的短めですが、執筆の過程でたくさんの紆余曲折《うよきょくせつ》を経たこともあり、今振り返ると、本当に長い旅だったと感じます。

ここでは読者の質問に答える形で個人的な思いを語ることで、本書の結語としたいと思います。

まず、なぜ『星の王子さま』だったのか。読者からいちばん多く寄せられる質問ですが、この質問の背後にはなんとも言い表し難い疑問があるのでしょう。政治哲学を専門とする学者が一体どうして文学を分析したのか。それが政治的教訓に満ちた話ならまだわかるが、なぜよりによって『星の王子さま』のような子ども向けの童話なのか。

ここまで読んで頂いた読者にはお分かりのように、この本は文学評論でも個人の伝記でもなく、哲学的読み物です。この本では概念の分析、価値の論証、生命の意義の再検討といった哲学的観点から『星の王子さま』に見られるいくつかの問題を考えてきました。

よって、作品の文学的技巧や文学としての価値、また登場人物のモデルが誰かといった問題や物語の歴史的背景には触れず、あくまでテクストから見える哲学的問題がベースになっています。

『星の王子さま』に哲学的な問い？　はい、それも一つや二つではありません。「なつける」「愛」「友情」「責任」「思いやり」「幸せ」「選択」「身分」「商品化」「疎遠」「占有」「忠誠」「死」など、本文に繰り返し登場するキーワードは皆現代社会を構成する重要な哲学的テーマです。

サン＝テグジュペリは哲学者ではないので寓話小説としての『星の王子さま』でお硬い論証が繰り広げられることはありませんが、物語に自らの問題意識を巧妙に融け込ませることで現代人のあり方に疑問を投げかけています。そして、そこに提起された問題を理解し、分析し、私なりの観点を加えた試みが本書です。

ですから、わたしたち読者はまず『星の王子さま』がファンタジー童話でも恋愛小説でもなければ、大人向けの啓発書でもないこと、少なくともそれだけではないことを念頭に置いておかなければなりません。

『星の王子さま』はサン＝テグジュペリの現代社会に対する深い省察《しょうさつ》と現代人の境遇に対して抱く切実な思いが反映された珠玉《しゅぎょく》の哲学寓話なのだと、私は読めば読むほど強く感じられるようになりました。だからこそ本書を通じて、より多くの方が『星の王子さま』という作品が内包《ないほう》する考えを、真剣に向き合う価値のあるものとして捉えるきっかけになって欲しいと願っています。

私がここまで強調するのには理由があります。作品との向き合い方は、内容の理解に直接影響するのです。

皆さんもご存知の通り、『星の王子さま』はたくさんの読者に愛され、長い間ベストセラーとして、幅広い世代に影響を与え続けています。ただ、読者の多くがはじめて『星の王子さま』を手にしたのは小学生か中学生の頃で、就寝前に親が読み聞かせてくれたという方も少なくないでしょう。そうした影響もあって『星の王子さま』は、簡潔明快《かんけつめいかい》でそんな深い話でもない、若い頃に一度読めば十分だ、という印象を持たれやすいのだと思います。

恥ずかしながら、私も中学の時に初めて『星の王子さま』を読み、その後にも何度か読み返していましたが、40歳になるまでずっとこの本を本当の意味で理解できていなかったことを認めざるを得ません。

その最もわかりやすい例として、キーコンセプトでもある「唯一無二」が作中では2つの異なるレベルで解釈され、また「なつける」ことに伴って生じる責任が王子さまにとっての道徳的制約につながる点があります。私はそれまでちゃんと考えたことがありませんでしたが、この2点を意識し、また理解できないと『星の王子さま』を本当の意味で読解することはできません。

それでも、半年以上の時間をかけて『星の王子さま』の新訳をボロボロになるまで読み込んでいくと新たな気づきがありました。そしてその一方で、困惑させられる部分も止めどなく出てきました。（ですから、この本に書いてあることはあくまで執筆時点における私の暫定的な理解であって、絶対的な定説でも、手引きでもありません。）「40歳になってやっと理解できた素養に乏しい人に言われても説得力が……」と皆さんに笑われてしまうのは覚悟の上で、『星の王子さま』を好きな方には気持ちを切り替えて、もう一度読み直してみてほしいと心から思います。王子さま、バラ、キツネ、ヘビ、夕日、麦畑から新たな気づきが得られるかもしれません。そして、いつしかみなさんの人生にも何らかの変化が訪れているかもしれません。

もしそうであればキツネの言葉にあるように、わたしの文章自体は取るに足らないものでも、私にも「何も残らなかった」ことはありません。他ならぬ読者のおかげで。

さて、「執筆の過程で最も悩んだところは？」といった質問も良く頂きますが、哲学的な問題や、文体とスタイルについてなど数えればきりがありません。

ただ哲学的な難題については関連書籍等を読むことで理解を深められたこともあり、執筆期間中はむしろ倫理学と道徳心理学の本を読み漁っていました。

文体やスタイルについては、できるだけ多くの方にとって親しみやすいものになるよう心がけました。私はこれまでずっと、思考の深さと文章の明解さは相補的《そうほてき》な関係にあり、決して相反《あいはん》するものではないと考えてきましたが、それも「言うは易し」で、まだまだ修行が必要だと感じています。

そして何より大変だったのは、私自身がとっくの昔に王子さまの言う「大人」になってしまって童心をほとんど残していなかったために、王子さまの世界観に入り込むのにとても苦労したことです。この点は説明するのが難しいので、一つ例を挙げてみましょう。

『星の王子さま』は王子さまが堅い決意でB612を離れるところから始まるのでしたね。このシーンがなければ後の展開はないと言っていいほど重要なシーンです。

「あんなにも深く愛していたバラの元をどうして離れなければならなかったのか」

この疑問に私は二か月余り苦しめられてなかなか筆を進めることができませんでした。かと言って避けて通れば物語の正確な理解が難しくなる。そしてついに、それが「初恋」の感覚を共感できていなかったことに起因する可能性に気付いたのでした。

感覚を取り戻すため、私は「初恋」をモチーフにした映画を改めて見直すことにしました。作品を通して想像し、またそれらに共感することで純粋無垢だった時の王子さまにある種同化し、その心情を理解する助けになればという思いでした。ホウ・シャオシェン監督の『恋恋風塵』、岩井俊二監督の『Love Letter』、行定勳監督の『世界の中心で愛を叫ぶ』、チャン・イーモウ監督の『サンザシの樹の下で』など、「初恋」を扱った名作ばかりです。

そうしてやっとのことで書き上げたのが第3章の『儚い初恋』です。私が最終的に得た理解は意外なほど単純なものでした。初恋だったが故に、王子さまは愛し方が分からず、またバラの気持ちも理解できないために誤解を繰り返し、お互いに傷つけ合うことしかできなかった。バラを受け入れることはおろか、何より自分自身を受け入れることができなかった王子さまには、星を離れる以外の選択肢は見つかりませんでした。

もちろんこれはあくまで第三者の立場から見た私の解釈ですから、当事者だった王子さまが渦中で冷静に自分を見つめることは難しいでしょう。その後キツネと出会って「なつける」ことの意義を知り、初めてバラに対して自分が抱いていた思いとそれに伴う責任を意識するようになり、ついには毒ヘビに噛まれることを選択します。

鈍い私は、遠回りの末、やっと幾らか気づくことができたのでした。

私の解釈に疑問を投げかける読者もいるでしょう。確かにそうです、私自身でさえ保証はできません。思うに、あらゆるテクストに対する解釈の試みは、例外なく極めて困難な冒険です。即ち、全ての解釈には誤読の可能性が存在します。そこで私たちにできることは、果敢に挑戦し、読者に判断を委ね、そしてより良い解釈のために対話を続けていくことだけです。

実は、これは私の執筆スタイルでもあります。長い時間をかけて寝かせた考えを原稿にまとめ、十数回、多い時には二十回にも上る推敲《すいこう》を重ねたうえでようやく公に出します。そしてまた読者の反応を見ては修正を重ねる、こうした過程を自分の納得のいくまで続けます。

これはどのような心境だと言えるでしょうか。

私は、努力すれば、例え他人のことであっても少しずつ心理的に近付いていくことができると考えています。また時には、一読者が作者本人よりもその観点を理解している、ということだってあります。

なぜそんなことがあり得るのでしょうか。「理解」には気づき、そして知識が必要です。私たちとサン＝テグジュペリの間には70年の隔たりがありますが、その間には、彼の問題意識をよりよく理解し再検討するための理論的リソースも生まれているはずです。しかし、それらを活かして、より良い理解に到達できるかどうかは私たちの共同の努力にかかっています。

最後に、私の哲学的関心にも触れておこうと思います。本書を読み終えて気付かれたかもしれませんが、私の文章はすべてが「この時代を、人はどう生きるべきか。どうすれば自らの生を全うできるのか」という問いに端を発しています。

この問いは私たち全員にとって例外なく大切で、この問いに答えるには、「人とは何か」を理解し、「良い人生とは何か」を知り、「人間の限界と脆《もろ》さ」を感じ、同時に、時代が持つ特徴とそこに存在する課題に対する洞察力も求められます。そして私には、サン＝テグジュペリもこうした問題に関心を寄せていたはずだと、ある種の確信があります。

サン＝テグジュペリの関心と私たちが生きる時代はどう関係しているのでしょう？

祖国がナチスドイツの侵略を受けていた時、世界が悲しみと絶望に暮れていた時、彼はなぜ『星の王子さま』を書こうとしたのか。

書き終えて間も無く、特攻隊に志願した兵士の如くニューヨークからヨーロッパに帰還し、年齢制限の枠を超えていてもなおフランス空軍に入り、最後には1944年7月31日、単独で空に飛び立ち地中海上空で消息を絶ったのはなぜなのか。

心の中で何度サン＝テグジュペリに問いかけたか分かりません。同時に私もまた幾度となく自らに問いかけていました。

「大きな転換期にある、先の見えないこの時代に、なぜ『星の王子さま』なのか」

こんな時代だからこそ、夢を抱き、信念を持ち、価値を感じ、また何よりも誰かをなつけて自分を生きることが大事です。

そうすることによってのみ、私たちはしっかり歩を進めて行くことができるのです。

【附　録】

読書が照らす月の色

同じ月を見上げていても、浮かんでくる人の心情は様々だ。
その心に映る月の色は、あなたが積み上げた読書の日々でできている。
それを人は文化と呼ぶのではないだろうか。

『星の王子さま』を初めて読んだのがいつのことだったか、もうはっきりとは思い出せませんが、それは早くても高校生の頃ですし、正直、特に印象には残りませんでした。

時が過ぎ、2度目に手を取ったのは大学に入学した頃でした。やはりそこまで印象には残りませんでしたが、幾つか言葉にならない何かを感じる箇所がありました。とは言っても、基本的にはよくわかないままなのですが。

その後、30歳を少し過ぎてから大学で教鞭《きょうべん》をとり始めるのですが、ある日キャンパスで行われた保育活動への参加がきっかけとなり、再度『星の王子さま』を手に取る機会を得ます。その時初めて、少しだけではありますが共鳴する感覚を持つことができました。しかしそれでもまだまだ、物語の全容を把握できたと言えるまでには至りませんでした。

執筆と講演を行うという目的もあり、半年余りの間でしたが、改めて何度も原作を読み込んでいました。戸惑う箇所がなかった訳ではありませんが、感じ方は以前とはだいぶ変わりました。行間の至るところで王子さまやバラやキツネに自分を重ねられるようになっていたのです。彼らの心情に寄り添い、また作者サン＝テグジュペリの想いを感じることができ、時には、夜更けに本から聞こえてくる息づかいにぼんやりと耳を傾けていました。

この一冊の読書には、およそ30年の時間を費やしたことになりますが、今思えば、若い頃に『星の王子さま』を理解できなかったのは至極《しごく》当然のことでした。なぜならその時の私にはこの本を味わうのに必要な人生経験も哲学的素養もなかったからです。人と本の良い出会いには、心理面と知識面での準備、そして適切なタイミングが必要です。成長の過程は人によって異なるため、万人に当てはまる書籍リストや、全ての人にとっての必読書というものは存在しません。

ある本が名著と呼ばれることと、その本が読者の人生に入り込み、人生において輝きをもたらすかどうかは別の問題です。そして読書の魅力はむしろ後者にあり、そこでタイミングがとても重要な要素になるのです。

このような読書観は、私の子ども時代の生活と関係しています。

私は農村の生まれで、片田舎の小さな町で育ちました。読書に夢中になったのは小学1年生くらいの頃です。最初に読んだのは連環画《れんかんが》という今の漫画や絵本のようなもので、小人書《しょうじんしょ》とも言いました。初めてはまったのは『三国志演義』で、私の人生における初代ヒーローは、百万の軍勢から阿斗を救い出した「常山の趙子龍《ちょうしりゅう》（趙雲《ちょううん》）」でした。

当時、家が貧しかったため、本を読むには町の貸本屋に行くしかありません。店主の管理はとても大雑把で、木と木の間に渡された長縄に連環画を1冊ずつひっかける形式だったのですが、本は全部で200～300冊くらいあり、読みたいものを取って読むというものでした。貸し賃は1冊2毛（現在の約3円に相当）で持って帰ることはできず、木の下の腰掛けに座って読まなければいけませんでした。夏になると暑く、蚊もたくさんいて、砂埃にまみれながら読むのですが、本を手に取ると外界の喧騒はたちまち不思議なくらい視界から消え、刀剣乱舞の物語にすっかり引き込まれているのでした。

私が読んだのはほとんどが神話や歴史ものでしたが、3、4年生ぐらいになって語彙が増えるともう連環画では満足できなくなり、少しずつ『封神演義《ほうしんえんぎ》』、『西遊記《さいゆうき》』、『水滸伝《すいこでん》』といった大人向けの小説を読むようになりました。中でもお気に入りは『封神演義』で、土遁《どとん》の術を操る土行孫《どこうそん》は私を興奮させたものです。その他には、『聊斎志異』『七侠五義』『隋唐演義』『楊家将演義』や『大明英烈伝』なども当時の愛読書でした。

これらの本をどうやって読んだかですが、町には図書館もなければ、自分で買うだけのお金もなかったので誰かに借りるしかなく、大人を見つけてはお願いして本を貸りることとの繰り返しでした。クラスメイトが『故事会』という雑誌の最新号を買ってくると、みんなで順番に回し読みもしました。当時の私は言わば「活字依存症」で、手あたり次第に何でも読み漁り、戦いのシーンがおもしろいからと『中国共産党党史』の類まで読んでいました。

当時は家庭でも学校でも授業外の本を子どもに読ませたがらなかったのでいつもこっそり読んいてたのですが、見つかるとひどく怒られたものです。

なぜそこまでして読みたいのか？楽しいからです。何かに悩んでいたとか、他の遊びがなかったわけではなく、授業外の本を読む時のなんともいえない楽しみに勝るものはありませんでした。

もちろん例外もあります。ある時、誰に借りたかは忘れましたが、世界の名著だと聞いて喜んで読み始めたトルストイの『アンナ・カレーニナ』は、翻訳された長い人物名に頭がクラクラしすぐに読み進められなくなりました。それから、大学に入ってドストエフスキーの『罪と罰』や『カラマーゾフの兄弟』といったロシアの名作に触れるまで、翻訳書には一切手を出しませんでした。

このように、私の読書はでたらめで興味も際限なく広がっていきましたが、少年期の私の心を掴んで放さなかったのは、金庸《きんよう》と瓊瑤《けいよう》という２人の作家だけでした。今では、彼らの作品に出会わなければ今日の自分はいなかったとさえ思います。

まず金庸についてお話しようと思います。金庸の虜《とりこ》になったのには、ちょっとした経緯があります。当時は80年代、ジェット・リー（李連傑）の映画『少林寺』が全国的にヒットしたばかりで、男の子はみんな武術に夢中、誰もが最強の少林寺拳法使いになることを夢見ていました。

ちょうどその頃、月刊『武林』という雑誌には金庸の『射鵰英雄伝』が毎号10頁ほど連載されていたのですが、何話か続けて読むうちにすっかりはまってしまった私は、一話読み終えると恋患《わずら》いにかかったように次の号を楽しみにしていました。

読書中毒というものがあるならば、私の場合それは確実に金庸のせいです。なんというか、手に取ると離せなくなって、頭の中は物語のシーンでいっぱいになり、他のことは何も目に入らなくなってしまいました。

しかし残念なことに、何話か読んだところで、おそらく版権の問題なのですが、連載は突然終わってしまいました。これは本当に辛い出来事でした。当時私は金庸がどんな人かも知らなければ、どこに行けばその本が見つかるのかもわかりませんでしたが、そこに出てくる登場人物たちのいない生活が極めてつまらないということだけは確かでした。

それからしばらくして、私と同じように本に夢中になっていた上級生と知り合います。ある日彼は他の学生の目につかないところに私を連れて行くと、どこに行けば金庸の本が読めるのか教えてくれました。その場所は町にあるモグリの貸本屋で、店主は金庸や古龍、梁羽生といった作家を中心に香港・台湾の武侠《ぶきょう》小説の原書ばかりを香港からこっそり取り寄せていました。営業は大っぴらにはされておらず、一見さんお断り。当時、香港・台湾の書籍の貸し出し業は一定のリスクを伴うことだったのです。

初めて行った時の情景は今でもぼんやりと思い浮かべることができます。件《くだん》の先輩に連れられて行った薄暗い店内には本だけが並んでいました。もっと正確に言えば、部屋はクラフト紙のカバーのかかった金庸、古龍、梁羽生の本で埋まっていて、見た目にはそれが何の本かわからないようになっていました。「なんてこった、天国とはここのことだ」私は心の中で叫んでいました。

50代位くらいの店主の男性は、愛想なく単刀直入に「担保が10元、貸し賃は1日2毛で一回1冊まで、ここで借りたことは決して口外しないこと」とだけ私に告げました。「1日2毛」という料金ですが、当時、連環画は同じ条件で2分(10分＝1毛)ですから単純に10倍です。ちなみに私の1か月の小遣いは数元ぽっちでした。

こうなると、1日で1冊読み切るという選択肢しかありません。加えて香港や台湾で使われる繁体字も私にとっては壁の一つでしたが、まぁ、わからなければ推測すれば良いのです。

じゃあ授業はどうする？

――サボる。

どこで読む？

――学校の裏山にゴムの木林がある。あそこは涼しくて人通りも少ないのでぴったりだ。

先生に怒られるんじゃ？

——自分の中で決めたルールがあったのですが、クラス主任の授業だけはちゃんと受けて、他の授業については学級委員長と「紳士協定」を結び、1～2コマサボった後こっそり教室に戻れるようにしていました。

それはなんとも幸せな読書の日々でした。

どれほどハマっていたかというと、『神雕伴侶』を読んでいた時にはのめり込み過ぎて、ページをめくる手を1分間止めることもできず、自転車での帰宅中も、本を片手に自転車をこいでいたほどでした。小説を読んでいるのが親にバレたら一発アウトなので、家では夜な夜なこっそり公衆トイレに隠れて読み耽《ふけ》りました。トイレには電気もありますし、何より親にも見つからない絶好の場所です。ただそこにも欠点はありました。においは我慢できるとしても、あまり長い時間は滞在できません。

そんな、本に憑りつかれたような日々が1年ほど続いた後、私は家族に連れられて香港に移住しました。香港で暮らし始めた最初の夏、深水埗北河街《シャムシュイポー》にある木板で仕切られた部屋で私がまずしたのは誰もが普通するような付近の散策ではなく、階下の貸本屋から金庸の本を1冊ずつ家に持ち帰っては、興奮の冷めやらぬうちに一気呵成《いっきかせい》に読み終えるというものでした。その後、公立図書館にも武侠小説が置いてあることを知り、それからは古龍、梁羽生らの作品を片っ端から読破していきました。

私の好きな作家の二人目は瓊瑤です。きっかけは忘れてしまいました。とにかく私は香港に来てすぐ台湾文学が好きになり、三毛、琦君、張暁風、白先男、司馬中原といった作品をかなり読みましたが、彼女ほどハマった作家はいませんでした。

瓊瑤の小説には、思春期の初恋に近い、他の作家にはない中毒性がありました。『窓外』、『在水一方』、『幾度夕陽紅』、『彩霞満天』、『心有千千結』などを次々と読み、作中の主人公たちの喜びや悲しみに思いを重ね改めて自分を見つめていると、しばしば感情を抑えられなくなったものです。

瓊瑤と金庸がもたらす読書体験はまったく異なるものでした。金庸の本が義侠精神を芽生えさせるなら、瓊瑶の本は悲しみを誘います。片思いにしても、若き日の悩みにしても、とにかく明るい気持ちになれないのです。私のそのような鬱屈《うっくつ》した状態はかなり長い間続き、ようやく落ち着いてくるのは大学に入ってからでした。

瓊瑶と金庸にハマったことで思いがけない収穫もありました。中国の古い詩がたまらなく好きになったのです。作品中ではたびたび李煜・李清照・柳永・蘇軾・辛棄疾らの漢詩に触れるので、それらを足がかりにこうした詩人の作品を読むようになり、少なくない作品を積極的に暗記しました。こうした自発的な努力の楽しさは、試験のための暗記とはまったく別次元のものです。

さて、ここまで皆さんに私の読書遍歴をご紹介してきたのは、皆さんに同じ作品を読んで欲しいからではありません。実際、金庸や瓊瑶を読んで育ったことを認めたがらない人が少なくないのも事実です。ただ私の場合は、こうした作品のお陰であんなにも楽しい少年時代を過ごせたと思っていて、とても感謝しています。

ある作家があなたの成長過程のある段階であなたを大いに魅了し、喜びや悲しみを共にしてくれるなんて、とても幸せなことだと思うのです。そして、作者が誰で、作品が偉大かどうかよりももっと大切なことがあります。それは、あなたを新たな世界にいざない、「言葉を失い、思考をやめてしまう」ほどの景色を見せてくれることです。そんな体験を一度でもすれば、あなたはたちまちあなた自身を形成する「読書の桃源郷」を探す旅に出かけることになるでしょう。

人生も半ばにさしかかった今、少年時代を振り返ってみると、無節操に気の向くままにがつがつと読み漁ったあの読書経験がその後の私の思考や文章表現、人としての在り方に与えた影響は、正規の学校教育よりもずっと大きいと感じます。

世の中、打算的に実利を求めて本を読む人が少なくありません。例えば、自分の学業や仕事の役に立つという理由があってはじめて本を開くといった感じです。しかし私の経験上、我を忘れてしまうほど愉《たの》しい読書とは決してそうした性質のものではありません。

そんな若い頃の経験もわたしにとってはもう遠い昔のことで、幼いころに読んだ本の記憶は総じてみな曖昧です。時にふと、あの頃の読書は今の自分にどれほどの意味があったのかと考えることがあります。そして、その影響はいつも自分の想像を遥かに超えるものです。

例えば、私は幼いころから月を眺めるのが好きでした。いつでもどこでも、月を見ると思わず歩調を緩めてしまい、ときには足を止めてしばし月と見つめ合っていました。その時、胸の中には哀愁がこみあげてきたり、ふとある人を思い出したりします。はじめは自分でも不思議に思っていましたが、やがてそれは幼少期の読書と関係があることに気づきました。

想像してみてください。蘇軾〝の明月幾時有，把酒問青天（名月よ、いつから空にかかっているのか？盃を手に青天に問う）〟や〝何夜無月，何処無竹柏？但少閑人如吾両人者耳（月の昇らぬ夜もなし。竹やヒノキなどどこにでもある。ただ此れを楽しむ我ら二人の如き暇人が珍しいだけなのだ)〃、また〃起舞徘徊风露下，今夕不知何夕(酔いしれて、秋風の下で舞い踊る。月の世界では一体いつになるのやら)〃といった詩句を何百回と味わった人が見た月は、それらを一度も読んだことのない人の目に映る月と同じであるはずがありません。

同じ月を見上げていても、浮かんでくる人の心情は様々です。その心に映る月の色は、あなたが積み上げた読書の日々でできています。

或いは人はそれを文化と呼ぶのではないでしょうか。あなたの読んだ本は、知らず知らずにあなたのいのちに染み込み、心の奥底に蓄積され、雨が万物を濡らすように静かにあなたの生活を潤し、心を豊かにし、また新たな世界へと導いてくれます。

読書の魅力は、まさにここにあります。

参考文献

文章の体裁と作風を整えるため、本書では極力本文上における文献の引用を控えている。以下に一部直接又は間接的に参考とした文献を章ごとに列挙し、簡単に説明する。

本書における『星の王子さま』の引用は全てアントワーヌ・ド・サン＝テグジュペリ著『星の王子さま』繆咏華 訳（台北：二魚文化，２０１５）による。英文訳は主にAntoine de Saint Exupéry, The Little Prince, trans. Katherine Woods (San Diego: Harcourt Brace Jovanovich, 1982)を参考とした。

サン＝テグジュペリの以下2冊の著作も読解の上で参考となる。

・『人間の土地』徐麗松 訳（台北：二魚文化，２０１５）

・『夜間飛行』繆咏華 訳（台北：二魚文化，２０１５）

サン＝テグジュペリの伝記については、ポール・ウェブスター著『星の王子様を探して』黄喻麟 訳（台北：新新聞，２０１５）又は Stacy Schiff, Saint-Exupery: A Biography (New York: Owl Books, 2006) が参考になる。

第1章「夢はどこまで続く」

ゴッホについて

・Steven Naifeh and Gregory White Smith, Van Gogh: The Life（New York: Random House, 2011）

ピカソについて

・John Richardson, A Life of Picasso, 3 vols.（London: Pimlico, 2009）

ゴーギャンについて

・Nancy Mowll Mathews, Paul Gauguin: An Erotic life（New Haven: Yale University Press, 2011）

第2章「大人たちの童心」

一個人が社会制度から受ける影響について

・Peter L. Berger, Invitation to Sociology: A Humanistic Perspective（London: Penguin Books, 1991）;

・C. Wright Mills, The Sociological Imagination（New York: Oxford University Press, 2000）

社会に認められることの重要性

・Charles Taylor, "The Politics of Recognition", in Multiculturalism: Examining the Politics of Recognition, ed. Amy Gutmann（New Jersey: Princeton University Press, 1994）, pp. 25–73

第3章「儚い初恋」

初恋については以2本の映画をお勧めしたい。

・侯孝賢『恋恋風塵』（1986）

・岩井俊二『ラブレター』（1995）

第4章「王子さまの気づき」

唯一無二、忠誠、身分に関する論考

・Joseph Raz, "Attachment and
・Uniqueness", in Value, Respect and Attachment（Cambridge: Cambridge University Press, 2001）, pp. 10-40『星の王子さま』を検証した数少ない哲学書であり、私自身多くの気づきを得た。

第5章「あなたが五千本のバラのうちの一本に過ぎなかったら」

仕事と人生設計がいかに人の性格と自我を形成するか

・Bernard Williams, "Persons, Character and Morality", in Moral Luck（Cambridge: Cambridge University Press, 1981）, pp.1-19

自己愛と自分を大切にすること

・Harry G. Frankfurt, Taking Ourselves Seriously and Getting It Right, ed. Debra Satz（Stanford: Stanford University Press, 2006)

第一人称視点と普遍的視点に映る世界の見え方の違い

・Thomas Nagel, Equality and Partiality (New York: Oxford University Press, 1991), pp.10–20

第6章「小麦色に君を思う」

本文中に引用したC.S.ルイスの観点

・C. S. Lewis, The Four Loves (London: Fontana Books, 1963), p. 111より："To love at all is to be vulnerable. Love anything, and your heart will certainly be wrung and possibly be broken. If you want to make sure of keeping it intact, you must give your heart to no one, not even to an animal."

愛の脆さについて、私はジョン・ロールズの見解から多々影響を受けている。例えば John Rawls, A Theory of Justice (Cambridge, Mass.: Harvard University Press, revised edition, 1999), p. 502 より "Once we love we are vulnerable: there is no such thing as loving while being ready to consider whether to love, just like that. And the loves that may hurt the least are not the best loves. When we love, we accept the dangers of injury and loss."

愛の大切さについて

・Harry G. Frankfurt, The Reasons of Love (New Jersey: Princeton University Press, 2004)

第7章「キツネの気持ち」

愛について

・Eric Fromm, The Art of Loving（London: Unwin, 1975）；エーリッヒ・フロム，《愛するということ》，趙軍 訳，（北京：外文出版社，１９９８）

・Harry G. Frankfurt, The Reasons of Love（New Jersey: Princeton University Press, 2004）

第8章「愛することの責任」

ジョン・ロールズの「道徳心発達の三段階」について

John Rawls, A Theory of Justice, pp. 405–424

「なぜ道徳的であるべきか」に関する論考文献は数多あるが、以下の数冊は特に印象深かった。

・Philippa Foot, Natural Goodness（Oxford: Clarendon Press, 2001）；

・Christine M. Korsgaard, The Sources of Normativity（Cambridge: Cambridge University Press, 1996）

・Samuel Scheffler, Human Morality（New York: Oxford University Press, 1992）；

・Bernard Williams, Morality: An Introduction to Ethics（Cambridge: Cambridge University Press, 1972）

第9章「バラの人生はバラのもの」

・Alison M. Jaggar, Feminist Politics and Human Nature（Hemel Hempstead: Harvester, 1983）；

・Catherine MacKinnon, Feminism Unmodified: Discourses on Life and Law（Cambridge, Mass.: Harvard University Press, 1987）;
・Martha Nussbaum, Women and Human Development（Cambridge: Cambridge University Press, 2001）;
・Susan Moller Okin, Women in Western Political Thought（Princeton NJ: Princeton University Press, 1979）;
・Susan Moller Okin, Justice, Gender and the Family（New York: Basic Books, 1989）;
・Mary Wollstonecraft, Vindication of the Rights of Women, ed. Miriam Brody（Harmondsworth: Penguin, 1992）

第10章「どうして友達はお金で買えないの」

本文の最後に引用したマルクスのフレーズ
《マルクス・エンゲルス全集》第三巻（北京：人民出版社，２００２），《１８４４年経済学・哲学草稿》p．４６４より

お金と市場、正義についての論考は、以下の数冊が代表的。

・Michael Sandel, What Money Can't Buy: The Moral Limits of Markets（London: Allen Lane, 2012）;
・Debra Satz, Why Something Should not Be for Sale: The Moral Limits of Markets（New York: Oxford

University Press, 2012）；
・Michael Walzer, The Spheres of Justice（Oxford: Blackwell, 1983）

第11章「孤独な現代人」

現代人の孤独に関する研究は多い。例えば

・John T. Cacioppo and William Patrick, Loneliness: Human Nature and the Need for Social Connection（New York: W. W. Norton, 2008）

現代資本主義的所有感への批判について

・Erich Fromm, To Have or To Be?（London: Bloomsbury Academic, 2013）

第12章「選択するということ」

・Isaiah Berlin, “ Two Concepts of Liberty”, in Liberty, ed. Henry Hardy（New York: Oxford University Press, ２００２）, pp. 156–217;
・John Stuart Mill, On Liberty and Other Writings, ed. Stefan Collini（Cambridge: Cambridge University Press, 1989）；
・John Rawls,“The Basic Liberties and Their Priorities,”in Political Liberalism（New York: Columbia University Press, expanded edition, 2005）, pp. 289–371;

・Joseph Raz, The Morality of Freedom (Oxford: Oxford University Press, 1986):
・周保松，《政治的道徳：自由主義の観点から》（香港：香港中文大学出版社，増訂版，２０１５）

第13章「なつけることは政治的なこと」

「個人的なことは、政治的なこと（"The Personal is Political"）」は１９６０年代の米女性解放運動の重要なスローガンの一つである。

・Carol Hanisch, "The Personal is Political", in Notes from the Second Year: Women's Liberation, eds. Shulamith Firestone and Anne Koedt (New York: Radical Feminism, 1970)

社会の基本構造が一個人に与える重大な影響について

・John Rawls, A Theory of Justice, p. 7;
・Robert Waldinger, "What Makes a Good Life? Lessons from the Longest Study on Happiness," TED, https://www.ted.com/talks/robert_waldinger_what_makes_a_good_life_lessons_from_the_longest_study_on_happiness?language=en

第14章「『理解』の難しさと大切さ」

"重要な他者"についての論考

・Charles Taylor, "The Politics of Recognition", in Multiculturalism, pp. 25–73;

・Heidi L. Maibom ed., Empathy and Morality（New York: Oxford University Press, 2014）；
・トルストイ，《イワン・イリッチの死》，許海燕 訳（台北：志文出版社，１９９７）

第15章「無に帰る前に」

死と来世に関する論考

・Samuel Scheffler, Death and the Afterlife（New York: Oxford University Press, 2013）；

存在主義について

・Steven Crowell ed., The Cambridge Companion to Existentialism（Cambridge: Cambridge University Press, 2012）；

命の意味について

・Susan Wolf, Meaning in Life and Why It Matters（New Jersey: Princeton University Press, 2010）；

幸せについて

・Steven M. Cahn & Christine Vitrano ed., Happiness: Classic and Contemporary Readings in Philosophy（New York: Oxford University Press, 2008）

【訳者あとがき】

なつけ合う縁の中で生きるということ

2017年、訪問研究員として滞在していた香港中文大学のアパートメントに、英ヨーク大学からルームメイトがやって来ました。その方は現在は社会言語学博士でかつ記者でもあり、哲学や社会学、現代政治などへの造詣も深い、あまり会ったことのないタイプの人でしたが、私たちは程なくして意気投合し、本書で語られるような様々なテーマについてことあるごとに互いの考えを交換するようになりました。その中で彼女にもらって読んだのが『「星の王子さま」の気づき』とエーリッヒ・フロムの『愛するということ』です。

月日は流れ、英国に戻ったその方と電話をしていると本作の韓国語翻訳が出たと言います。その日の午後、大学のカフェ Coffee Corner の近くにあるプールに行くものの、あいにく工事中でお休み。運動は諦めてそのままカフェで「茶走（チャーザウ、紅茶に練乳を混ぜたもの）」をすすっていると、入り口に見覚えのある顔が。思えば周保松先生がこのカフェをよく利用するという話は何かの記事で見たことがあったのですが、本人と認識した瞬間、声を出すよりも体（と口）が先に動いていました。「『小王子的領悟本書』を日本で出版しませんか？」

国外の作者の許可が得られても、本の出版には思いを理解してくれる国内の出版社が欠かせません。大学を出たことのない世間知らずの私は「とにかく数を」と自前の出版計画書を作成してメールや電話で慣れない営業をかけますが、その数はあっという間に50を超え、敗戦ムードが漂っていました。そんな頃、すぐにお会い頂き、その場で「価値のある本だと思いますので」と出版をご快諾頂いたのが三和書籍の高橋社長でした。

そんなありがたいお言葉を頂きながら、かれこれ3年半、原作者との口約束から換算すれば4年の月日が既に経とうとしています。翻訳書はその性質上、早ければほんの数カ月で仕上がるものもある中で、このスピード感はある意味空前絶後と言ってもいいかもしれません。それでも良かったと思えるのは、この本が、そして『星の王子さま』が、時間が経てば経つほどに味わえる懐の深い作品だったからに他なりません。

正直に言えば、私自身はそれまで『星の王子さま』を読んだことはなく、興味が湧いたことも一度としてありませんでした。それでも香港でのたくさんのご縁を経てこの作品に出会うことができ、またその間に出口のない暗闇をひたすら彷徨う日々を経験したことで、翻訳開始当初よりもずっと王子さまへの理解が深まったように思います。この点は作者とも通じるところがあるようです。願わくばこの作品を原著の中国語で味わってもらいたいところですが、そこは拙訳が日本の読者の良質な読書体験に寄与することができれば幸いです。

今回の出版の過程で未熟な私と「なつけ合う」関係を築いて頂いた方々にはこの場を借りて改めて感謝申し上げます。

共訳者の渡部恒介さんには第二子が生まれたばかりでお忙しい中にも関わらず、豊富な翻訳経験と読書経験に基づいた繊細な翻訳で最後まで支えて頂きました。その存在なしには文字通りこの本が世に出ることはありませんでした。

家族、特に母・理恵子が彼女の半生をかけて注ぎ続けてくれた愛情は私にとっての「なつけ合う」関係の全ての基礎になっていると感じます。性格や考え方の違いからこれまで相容れないことの多かった父・英治と姉・香織の存在は依然として私にとって欠かすことのできない大切なものです。

私が人生で初めて「なつけ合う」関係になれた（その関係を維持し、より良いものにしていく努力は引き続き必要ですが）、妻の王小芳に溢れんばかりの感謝を。あなたの存在がなければ、私は今もまだ「なつけ合う」関係の中で生きられる幸せを知らないままで、この翻訳も完成していなかったでしょう。

そして、今も香港という混沌の地で、理想の人、社会のあり方を模索し、実践し続けている原作者の周保松先生に心からの敬意を。作者を含む全ての香港人にとって、本書の出版が一時の慰めとなることを願ってやみません。

著者紹介

周保松 CHOW PO Chung

香港中文大学 政治行政学部 副教授。香港中文大学哲学系を卒業後、英国ヨーク大学政治理論修士、ロンドン・スクール・オブ・エコノミクスで政治哲学博士号を取得。香港中文大学にて校長優秀教員賞・リベラルアーツ教育賞など受賞。近年は自由主義左翼理論、政治の正当性、自由、平等などに関わる道徳的テーマを中心に研究。 中国語雑誌『二十一世紀』、『思想』編集委員。著作に、2015 年に香港ブックフェア賞を受賞した『政治の道徳：自由主義からの観点』、『自由人の平等政治』のほか、近刊『私たちの黄金時代』は長期に渡って香港書籍ランキング首位を保持し、現在も異例のロングセラーとなっている。日本国内でも、2015 年に明治大学で参加したシンポジウムの内容を書籍化した『現代中国のリベラリズム思潮 [1920 年代から 2015 年まで]』で「自由主義左翼の理念」を執筆、年末には香港雨傘運動のことを書いた論文集『香港雨傘運動と市民的服従「一国二制度」のゆくえ』(社会評論社) が出版された。

翻訳者紹介

西村英希 (にしむら・ひでき)

1987 年山口県生まれ。金沢大学国際基幹教育院・講師（Associate Professor）。専門は現代中国語文法。神戸市外国語大学中国学科卒業。同大学院博士課程在学中から日本学術振興会特別研究員 DC2 と中国語非常勤講師（関西学院大学等) を兼任し、学位取得 (文学博士) 後、日本学術振興会 PD 研究員在任中に香港に渡る。香港中文大学中国文化研究所副研究員、香港大学専業進修学院非常勤講師を経て、香港科技大学人文学部講師 (Lecturer) として中国語教育文法や異文化コミュニケーションなどの授業を担当し、現在に至る。訳書に『在日本 中国人がハマった！ニッポンのツボ 71』(潮出版)、『認知と中国語文法』（共訳、日中言語文化出版社) など。

星の王子さまの気づき

2021 年　6 月　14 日　　第 1 版第 1 刷発行

著　者　　周　保　松
画　　區　華　欣
翻訳者　　西　村　英　希
共訳者　　渡　部　恒　介
発行所　　三　和　書　籍
発行者　　高　橋　考

〒 112-0013　東京都文京区音羽 2-2-2
TEL 03-5395-4630　FAX 03-5395-4632
info@sanwa-co.com　http://www.sanwa-co.com

印刷／製本　中央精版印刷株式会社

ISBN978- 4-86251- 425-7
C0010

三和書籍の好評図書

Sanwa co.,Ltd.

復刻版

戦争放棄編

参議院事務局 編

「帝国憲法改正審議録　戦争放棄編」抜粋

A5版／並製／ 400頁　定価：本体3,500円+税

●日本国憲法施行 70 周年記念出版 !!　戦後の平和を守ってきた世界に冠たる平和憲法であるが、今まさに憲法論議が喧しい。そこで原点に立ち返って日本国憲法が生まれた経緯や、その意義について「帝国憲法改正審議録」を紐解く。改憲派も護憲派も必読の１冊。付録として平和憲法誕生の知られざるいきさつを記録した「平野文書」がつく。

失われた居場所を求めて

—都市と農村のはざまから現代社会を透視—

祖田　修 著 京都大学名誉教授

四六判／並製／ 248 頁　定価：本体 1,900 円＋税

●非正規雇用 37%、一人世帯 35%という、日本を蝕む貧困と格差。戦後復興を果たして高度成長を謳歌していたのが、いつの間にか深刻な社会状況に陥ってしまった。農村から都市への大規模な人口移動が、孤独の蔓延と居場所の喪失をもたらしたのである。都市は、農村は、どう変わるのか？　そこにあなたの居場所はあるのか？　街と村の相関を見続けてきた筆者が近未来の人々の居場所を展望する。

人は死んだらどうなるのか

—死を学べば生き方が変わる—

加藤直哉 著

四六判／並製／ 296頁　定価：本体1,900円+税

●宗教は、宗派が異なれば、死後の世界は全く異なり、宗教をもとに死後の世界を語れば、必ず争いが生まれる。では、どうすればよいのか。本書では死後世界をできるだけ科学的に研究し、多くの人に納得してもらえるよう死の研究において「科学性」と「客観性」を最重要視している。その視点で選択した死生学研究が「臨死体験研究」「過去生療法研究」「生まれる前の記憶を持つ子供たち研究」という３つの研究である。死生学研究は、「死」と「生」の両方の答えを与えてくれる。